街角には物語が……

高楼方子 作
出久根育 絵

もくじ

描き文字　青衣茗荷

彼女の秘密

ピッパ・フィンチは十六歳。この年頃の少女らしく、世間をながめてなかなか鋭《するど》く一人前の批判《ひはん》などする一方で、とびきり不思議なことに出会うのをまだ本気で夢見ていた。しかも将来の希望は小説家。人々を観察してはあれこれ想像をふくらませるのが好きだった。

三月《みつき》前から始めた子守のアルバイトは悪くなかった。昼寝の時間、子ども部屋の窓辺に椅子《いす》を寄せ、ココアをすすりながら本を読み、あるいは窓下の旧市街通りを見おろすのだ。

左右にのびたでこぼこの石畳《いしだたみ》の通りには古びた建物が軒《のき》をつらね、錆《さ》びた窓柵《まどさく》の陰《かげ》からは色あざやかな鉢《はち》植えが顔をのぞかせていた。ふと、ほのかな麝香草《じゃこうそう》のような匂《にお》いがただよってきて、ピッパをぞくりとさせることもあった。

このアパートの真向かいに建つ間口の広い〈更紗《さらさ》商会〉をはさんで、左に〈糸車小路《こうじ》〉、右に〈ツグミ小路〉がVの字型におくにのびていた。ピッパのいる四階の窓からは、その二本の小路の先のほうまでのぞくことができたが、なにかがひそんでいそうな暗がりの風情《ふぜい》はいかにもピッパ好みだった。小路を行きかう人々の品定めもまたたのしかった。街に溶《と》けこんだ気どらない住人たちのみならず、旧市街散《さん》策《さく》をたのしむよそ者らしい人々もすくなからずいて多彩《たさい》だった。

便利さだけが取《と》り柄《え》の新興の住宅街から旧市街のいちばんはずれに位置するこのアパートに通ってくるピッパは、今度こそ自分もあのあたりをゆっくり歩いてみようと目論《もくろ》んでいるのだが、これまでのところは、約束の時間ぎりぎりに駆《か》けつけ、仕事が終われば、つい帰りのバスに飛びのってしまうという塩梅《あんばい》。学校帰りに週三回、やんちゃ坊主《ぼうず》の昼寝《ひるね》どき、おだやかな午後の陽のなかで、ひざに載《の》せた昔の恋《れん》愛《あい》小説と交互《こうご》にながめやるのがせいぜいのおつきあいだった。

とはいえ決まった時間にそうしていると、何人かの顔を見わけられるようにもなり、おくに意外なぬけ道がありそうなこともわかってくる。

たとえば、青いベレー帽《ぼう》をかぶった老人は、いつも〈更紗商会〉の左側の路地〈糸車小路〉のおくからゆっくり歩いてくるのだが、途中《とちゅう》ですっと姿を消し、ずいぶんたってから、右側の〈ツグミ小路〉にあらわれ、旧市街通りまで出てくる。おそらく〈糸車小路〉と〈ツグミ小路〉を結ぶ横丁があり、そこで、ひとしきり油を売ってくるにちがいなかった。

(あの人、目がきょろっとしてるもの、案外おもしろいおじいさんなんだと思うわ。でね、あの横丁に、昔からのともだちがいて、いつも道端《みちばた》に椅子を出してすわってるの。その人とおしゃべりしてくるんだと思う)

ピッパは自分の想像に自分でうなずく。

髪《かみ》をシニヨンにまとめ桃色《ももいろ》のリュックを背に、羽のような軽やかさで旧市街通りを右からやってくる少女はピッパのお気に入りだ。〈糸車小路〉に入る前に、かならず一回くるっと回る。

（行先はぜったいバレエ教室ね！　あそこでくるって回るのは、うまく踊《おど》れますようにっていうおまじないなんじゃないかしら。うん、きっとそうよ）

陽気でおしゃべりな美男と美女が〈更紗商会〉の前で出会うのを目撃《もくげき》したこともあった。その後ふたりが恋人になり、ひと月もたたないうちに同じ場所でいいあらそって、別れるところも見届けた。

（こう予想通りだと、かえって気がぬけちゃうわね！　こっちのほうがずっとロマンチックだわ）

ピッパはちょっぴり生意気げに肩《かた》をすくめたあと、ひざに載せた本のなかで展開するロマンスに胸ときめかせるのだった。

曇《くも》り空《ぞら》におおわれたさびしい日のことだった。そのせいもあったのか、やんちゃ坊主はやけにぐずり、ピッパをさんざんののしったあとで、やっと眠《ねむ》ったのだった。ピッパは窓辺にすわって呼吸をととのえた。相手が小さな子だと思えば、こんなことで傷ついたり、不機嫌《ふきげん》になったりすることがよけいい情けない。

(気にしない気にしない。ほかのことを考えようっと!)

目尻《めじり》ににじんだ涙《なみだ》のつぶをチッとぬぐい、すっかり見慣れた旧市街通りを、わざと食いいるように見つめた。めずらしいことに人っ子ひとりなく、いつもは魅力的《みりょくてき》な朽《く》ちた壁《かべ》やかげった路地は、まるでべつの場所のようにさびれて見えた。

(素敵な人がやってきて、窓を見あげてくれる、なんてことがおこらないものかしら……)

待ったあげく、ついに視界にあらわれた人影は、灰色のコートを羽織り髪を無《む》造作《ぞうさ》に束《たば》ねた、年齢《ねんれい》のわかりにくい女の人だった。〈糸車小路〉のおくのほうから、こちらに向かって歩いてきたのだ。肩《かた》から買い物袋《ぶくろ》をさげているところを見ると、晩ごはんの買いだしにでも行くところなのだろう。

（悪いけれど、つまらなすぎ）

がっかりが高じ、ピッパは投げやりにつぶやく。けれどほかにだれもいないのだから、つまらなすぎだろうと見つめるしかなかった。

（あの人って、見たことあったかしら……）

こちらを向いてはいても、この遠さから顔をしかと見わけるのはむずかしい。

（見たことがあるような気もするけど、おぼえてないな……。だってどこにでもいそうな人だもの）

どうやらそうきれいな人ではなさそうだった。とくにやさしそうでもなく意地悪そうでもなく、やせているわけでも太っているわけでもなく、要するにこれといって際立ったところのなにもない、つまり想像力をちっとも刺激《しげき》してくれない、ただの〈女の人〉なのだった。素敵な物語の主人公にはまるで向いていない。

(でもあの人にだってきっと、なにかしらドラマはあるはずよ)

なんとかして心をかきたてようと、ピッパはがんばってみる。

(もとはバレリーナだったのに足を痛めてあきらめたとか? ううん、バレエをしてた人はさすがにもっと姿勢がいいはずよ。そうね……市役所の戸籍係《こせきがかり》だったのを二、三年前にやめて、いまは家事に専念してるって感じかしら。うーん、でもそれってちっともドラマチックじゃないなあ……)

旧市街通りに出たその人は、ピッパの真下を歩いて〈更紗商会〉の前を通りすぎるや、〈ツグミ小路〉へと入っていき、やがて見えなくなった。街にはまだだれの姿もない。ピッパはあきらめて前髪を払《はら》い、ひざの上で本を開いた。ここしばらく、出たり入ったりをくりかえしている昔の社交界をまたのぞきに——。

社交界でのやりとりにそろそろ飽《あ》きて目をあげると、さっきの人が、ふくらんだ買い物袋をさげ、〈ツグミ小路〉から旧市街通りへと出てきたところだった。〈更紗商会〉の前を通ってまた〈糸車小路〉へと入っていく。

ピッパは、重い足どりで歩いていくうしろ姿をぼんやりながめているうちに、なにか共感のようなものをおぼえた。この世界でいまこのとき、目を覚ましているのが、自分とその人だけのような錯覚《さっかく》にとらわれたのだ。

そのときピッパは、ふと、妙《みょう》なことに気づいた。

〈あの人、どうして近道をしなかったのかしら？　横丁を通っていけばこんなに歩かなくてすんだのに……〉

最初に〈糸車小路〉にあらわれたとき、あの人が横丁の始まりよりまだ先のほうにいたのはまちがいなかった。〈ツグミ小路〉で買い物をしたあとだって、横丁からぬけていけば、どんなにかんたんにもどれただろう。

退屈《たいくつ》していたピッパの身の内を、きらっとしたたのしさが走りぬけた。〈彼女《かのじょ》はなぜ横丁を避けたのか？　その人知れぬ秘密とは！〉そんなセンセーショナルな惹《じゃっ》句《く》が、ピッパの頭のなかで小鬼《こおに》のように躍りだした。

（ま、いちばんありそうな理由は〈工事中につき通行止め〉っていうあたりでしょうけれど、もちろんそんなのは却下《きゃっか》よ。きらいな香辛料《こうしんりょう》を使うレストランがある、なんてのもだめ。そうだわ、いやな思い出があるの。昔、犬に噛《か》まれたとか……）

でも、そんな推理もまだつまらない。ピッパは目を閉じ、一生懸命《いっしょうけんめい》に彼女の面影《おもかげ》を追ってみた。すると、さっきおぼえた共感のようなものがふたたびこみあげてくると同時に、想像力ががぜん活発にはたらきはじめたのだった。

（わかった。あの横丁には、昔、あの人の憧《あこが》れの人が住んでいたのよ。そう、レストランの二階を借りてね。レストランの名前は……そうね、〈緑のオウム亭《てい》〉にしよう。老舗《しにせ》らしいおしゃれな看板がさがってるの。憧れの青年は、しなやかなからだで、タタンタタンって二階から階段を下りてくると、斜め向かいの骨董店の前でかならずちょっと立ちどまって、ウインドウをのぞくの。ちょっぴり首をつきだしてね。ガラスケースのなかにはね……ええと、そうそう、りっぱな帆船《はんせん》の模型が飾《かざ》ってあるのよ。そうだ、快速帆船カティーサークの模型よ！　青年はひとしきり、うっとり見とれて首をふったりため息をついたりしながら、またタタンタタンって軽やかに〈糸車小路〉に出て、旧市街通りのほうに歩いていくの……。彼《かれ》は旧市街のはずれにある本屋の店員だったのよ〉

ピッパはすっかりたのしくなった。ほっそりとした、性格のいい明るい青年の姿がありありと見えるような気がした。そして、青年に出会うたび、その姿をじっと見つめる若い娘だったころの彼女の熱いまなざしまで。

〈あの人もまた、ひとりでこっそり骨董屋の前まで行ってはなにげなくウインドウのなかのカティーサークを見るようになったの。精巧《せいこう》に造られた帆船はとても高価だった。あの人は思うの。彼は、よほどこれが好きなのね。自分のものになったら、どんなにかうれしいでしょうね。でも、〈緑のオウム亭〉の二階に間借りをして暮らしている若者に手が届くはずはないわ……って。彼女は市役所に勤めはじめたばかりだったけれど、その前にアルバイトをして貯《た》めたお金をすこしばかり持っていたの。この先、お給料を毎月貯めていけば、なんとかなるかもしれない……。あの人、秘かに大きな決意をしたのよ〉

ピッパのひざからばさりと本が落ち、子どもがむにゃむにゃと寝言をいったが、どちらもどうでもよかった。彼女の姿はとっくに見えなくなっていたというのにピッパは胸の前で両手をにぎりしめ、〈糸車小路〉のおくのほうを見すえながらごくりとつばを飲み、つづきに思いを馳《は》せた。

〈あの人はたびたび本屋に寄っては、棚《たな》の整理をする青年をながめたり、ときには声をかけて、上の棚から本をとってもらったりもした。〈ありがとう〉ととびきりの笑顔でいいたいばかりに。でも贅沢《ぜいたく》は禁止。じゃないとカティーサークは遠のくばかり……。ほんとうはクリスマスに間にあわせたいところだけれど、それはさすがに無理かしら……。彼女はお昼をぬくことにした。もちろんカフェに入るのもやめ、買い物は安いお店ですませ、流行には目をそらす。本屋に行くと、顔をおぼえてくれた青年が、〈やあ、いらっしゃい!〉と声をかけてもくれた。素敵な秘密の目標を胸に、恋する彼女は愛らしくかがやいていた。ほんとうよ。

ある秋の日の夕方、あの人は骨董屋のウインドウをのぞきながら、頬《ほお》を火照《ほて》らせ、ほくほくと胸のなかで算段してみた。投稿《とうこう》した作詞のコンテストで入賞し、なにがしかの賞金をもらったばかりだったの。うん、あれを足せばクリスマスにきっと間にあう……と、そのとき、妙なものが目に入ったの。黄ばんだ帆《ほ》の色とは明らかにちがう小さな小さな新しそうな白い紙切れが、甲板《かんぱん》の片隅《かたすみ》においてあったの。〈九時に〉紙にはそう書いてあった。胃のあたりがなぜかどろりと揺《ゆ》れた……。それから何日かしてウインドウをのぞいてみると、そのとき同じ場所にあったのは、〈×〉と書かれた紙きれだった。そしてその数日後は〈十時半に〉。いったいなんのことなのかしら？　あの人は、心の内に広がってくる、なんともいいがたい不穏《ふおん》な気分を忘れるように首をふり、帆船がプレゼント用に包装されるときのことを思って自分をはげましたの……）

ピッパはゆっくりと肩で息をした。鉛《なまり》を飲んだような気持ちになっていた。これ以上はないというほどの深い深い悲しみが胸に迫《せま》ってくる。この先がどうなるのか、もちろんピッパには見当がついている。だって自分が想像していることなのだから。

ピッパは、うなだれながらも〈つづき〉を心で追わずにいられない。

（クリスマスプレゼントを包んでもらうことはなかったわ。だってまもなく青年は、骨董屋の年若いおくさんと駆《か》け落《お》ちしたんだもの。二十も年の離《はな》れた店の主人は、店を人にゆずって、それきりどこかに越《こ》していったの。あの人はこのことをだれにもひとことも話さなかったわ。ただひとりで、はらはらと涙を流しただけ……。そう。つまり、そういうことだったの）

Nábytek
ANTIK

ピッパはぼうっとしたまま、人気《ひとけ》のない街を見やった。漆喰《しっくい》の壁を蔦《つた》が這《は》う〈緑のオウム亭〉の二階の窓を思うと、胸がつまった。……なにくわぬ様子で横丁を歩きながら、何度も何度もそっと見あげた、あの緑の鎧扉《よろいとびら》のある窓。たった一度だったけれど、青年がたまたま顔を出し、〈やあ〉と手をふってくれたこともあったわ……。すくなくともきらわれてはいないんだって知ってうれしかったな。

ピッパはぶるぶると頭をふった。自分の想像のとりこになるのは、子どものころからのお得意だったとしても、こんなになにもかもがありありと目に浮《う》かぶなんて。あの人の心のおくの秘密まで……。

(あたしって、どうかしてる!)

そしてピッパはパチンと自分の頬を打つと、床《ゆか》に落ちた本をひろいあげ、そろそろ目を覚ましそうな子どもの様子を見ようと立ちあがった。

窓辺はいくらか明るんでいたものの、部屋のなかは薄暗《うすぐら》かった。ピッパはベッドのほうに近づいていきながら、ふと壁に掛《か》かった鏡のなかをのぞいて、どきんとした。ほつれ髪が斜《なな》めに顔にかかり、無造作に髪を束ねた女の人……。

(あ、あの人……!)

と思ったのは一瞬《いっしゅん》のことにすぎず、やはりそれは自分の顔にちがいなかった。それでもピッパは薄闇《うすやみ》に立ちつくした。

焦点のない目を闇だまりにじっと向けたまま、ピッパは息を殺し、心のなかでつぶやいた。

(あたし、いつかきっとつらい恋をするんだ……)

ハラハラと涙が落ちた。まるで、あの青年を失った深い深い悲しみが、未来の記憶《おく》の彼方《かなた》からおしよせたかのようだった。それとも生まれる前の――だろうか。

それからやっとピッパは、ぬれた頬を手のひらでぬぐった。

「いいの。せつないのってあたし好きだもの……。あたしだけの秘密を胸に秘めて買い物袋をさげながら曇り空の下をひとりで歩くのって、きっといい感じよ。そう、いい感じですとも」

ピッパは相変わらずぎりぎりにやってきて、仕事が終わるとバスに飛びのって帰る。窓の下を見おろし、いつか、旧市街を、そして見えない横丁を歩いてみたいと思うのだが、あの曇りの日以来、ほんとうはちょっと怖いのだ。

社長の正体

繊維業界《せんいぎょうかい》の老舗《しにせ》〈更紗《さらさ》商会〉に勤めるクート君は、同業組合の親睦会《しんぼくかい》で知りあった〈銀鈴《ぎんれい》商会〉のヘロン君と、この一年のうちにすっかり親交を深め、ほとんど親友といってもいいあいだがらになっていた。〈更紗商会〉に入社できたのは父親のコネ、これといった取《と》り柄《え》もなければ仕事への情熱もさしてないクート君としては、同僚《どうりょう》と友情を育《はぐく》むよりは、何度かの転職ののち、新興会社の〈銀鈴商会〉に庶務係《しょむがかり》として雇《やと》ってもらったというヘロン君といるほうが、ずっと気が休まるのだった。

ヘロン君は、輪郭《りんかく》のはっきりしないようなからだつきの、三白眼《さんぱくがん》をした口数のすくない若者で、けっして人好きのするタイプでないことは、ぼんやりのクート君でさえ見当がついた。つまりほかに親しい友人ができて、自分がないがしろにされるかもしれないといった――クート君はそういう目にあいやすいたちだった――心配なしに、安心して交際することができたのだった。ふたりは、休みの日、釣《つ》りに行ったり映画に行ったりし、帰りにはせまい路地裏にあるひとり暮らしのヘロン君のアパートでテイクアウトした夕食をともにした。

そんなふうだったから、ヘロン君が猫《ねこ》を飼いはじめたとき、クート君は、自分でもばかげているとは思いながらも、ビリーという名のその猫に嫉妬《しっと》をおぼえずにいられなかった。野良猫というわりにビリーは毛並美しく、賢《かしこ》そうな目をし、しもべのように部屋のすみにひかえていて、ヘロン君がパチンと指を鳴らして名前を呼べばすぐにひざにのり、ヘロン君の指が灰色の毛を面白半分になでてあげるのを、じっと許しているのだった。けれどビリーはクート君にも同様になついて、いうこともよく聞いたから、クート君のすねた気持ちはほどなく消え去り、ビリー問題はまるくおさまった。

ある夜、クート君は、ひざにのせたビリーをハープに見たて、首元の毛を五本の指でかきならすようにしてもてあそびながらいった。

「ところでその後、〈銀鈴〉の社長の件はどうなった？　昨日もうちの係長に聞かれたよ。〈きみ銀鈴にともだちいるんだろう、なにか聞いてるかい〉って」

猫などとのんびり暮らしているヘロン君だったが、じつのところ、〈銀鈴商会〉はいま、たいへんな事件の渦中《かちゅう》にあるのだった。一代で会社を築きあげたおどろくべき敏腕《びんわん》社長が、出張に出たきりもどらず、捜索《そうさく》願いが出されてからなんの手がかりもないまま、ひと月がたとうとしていたのだ。

この間の業務は副社長がなんとかつつがなく執《と》りおこなっていたものの、だれからも信頼《しんらい》され、親しまれ、女性社員たちにとっては憧《あこが》れの的でさえあった〈銀鈴商会〉のかがやく星、有能さに加え眉目秀《びもくひい》でた壮齢《そうれい》のグレイ社長の失踪《しっそう》に、全社員は気も狂《くる》わんばかりに悲しみ憂《うれ》え、目の下に隈《くま》をつくりながら日々の仕事をなんとかこなしているのだった。ただし、ヘロン君を除いて。――クート君はそんな彼に満足だった。集団には距離《きょり》をおくことにしているので、などとちょっと利口ぶってうそぶくことで、自分は会社のお荷物かもしれないという不安にふたをしてきたクート君にとっては、こんな非常時にさえ淡々《たんたん》としているヘロン君に、いっそう強い親近感をおぼえたのだ。

「ああ、社長ね……」

ヘロン君はテーブルにひじをつき、広い背中をまるめて安いワインをすこしずつのどに流しこみながら、ぼそりとつづけた。

「それ、じつはぼくのせいなんだよね」

「えっ、きみの……だって？」

クート君は目をまるくしてテーブルの向こうのヘロン君を見つめた。予想だにしない言葉だった。

「うん……」

やがてヘロン君のどんよりした目に、いつにないかがやきが宿った。

「ここだけの話だよ。きみ、人にいわないね？」

「いわないさ、ぜったいにいわないよ」

クート君は高鳴る胸を好奇心《こうきしん》でいっぱいにし、ひざの上のビリーがすこし呻《うめ》いたほどに前に身をのりだした。

ヘロン君はグラス片手にぽつりぽつりと語りはじめた。

「ぼくはこの年で、もう二十以上の職場を渡りあるいてるんだよね。理由は単純。ある人物をさがしていたからなのさ。といっても、顔も名前もさだかじゃない。手がかりはただひとつ。その人物はどこかの社長になっているということだけ。だから、はたらきながらじいっと観察してね、これはちがうとわかればすぐに辞《や》めた。三日で辞めたこともあれば、ひょっとしたらと観察しているうちに三年たったこともある。そうやってついにたどりついたのが〈銀鈴《ぎんれい》商会〉で、〈銀鈴〉の社長こそ、さがしていた人物だったんだよ」

クート君はヘロン君の執念《しゅうねん》におどろきいりながら思った。そこまでしてさがしあてようとしたのだから、ヘロン君にとってよほどだいじな人物だったんだろうな。ひょっとすると小さいときに別れたじつの父親だったとか？　でも〈銀鈴〉の社長はヘロン君の父親にしてはちょっと若すぎる……。それにまるで似てないし。

するとヘロン君は、じっとクート君を見つめてからつづけた。

「ぼくね、まわりにだれもいないのを見はからって社長に近づいて、パチンッとこう指を鳴らしてね――（指音と同時にクート君のひざの上でビリーがピクッとからだをおこした）――こういったのさ、ビリー、ビリー」

クート君はもぞもぞ動くビリーの背をいそいでとんとんとたたきながらいった。

「ごめん、いまのとこ、よくわからなかった。きみは社長になんていったんだって？」

「ビリー、ビリーっていったのさ」

「え？　あ、あそうか、びっくりした。そういえば、ウイリアム・グレイだったね、社長の名前」

〈ビリー〉というのは〈ウイリアム〉の愛称《あいしょう》だ。

「そう、ウイリアム・グレイってんだ。ぼくは、〈やっと会えたね。きみはほんとうによくやった。たいしたものだ。もう十分だよ〉っていってやったよ」

「え、なんだって？　社長にかい？　そりゃすごいな……。で、社長はなんていったんだい？」

「うん。そうしたら社長は、いまのきみみたいに目玉を大きくしてさ、〈きみはいったい、なにをいいだすんだ〉っていったよ」

「そうだろうな。それから？」

「そこでぼくはすかさずいった。〈思いだしてくれたかい、ぼくのこと。トミーだよ。トミー・ヘロンだよ！〉ってね。社長は目を細めたり首をかしげたりしながらしばらくじいっとぼくを見てから、とうとう、〈トミー！〉ってぼくを呼んだんだ」

「へえ！　わかってくれたんだ！」

「うん。社長は涙《なみだ》を浮《う》かべてたようだった。な？　ビリー？」

ヘロン君が首をつきだしてビリーのほうに話しかけると、ビリーは、ミャオンと甘《あま》えた声を出した。社長とヘロン君の関係を早く知りたいクート君は待ちきれずにうながした。

「で、でさ、ごめん。ぼくよくわからないんだけど、社長って、つまりきみのなんだったの？　でさ、行方《ゆくえ》不明とどういう関係があるんだい？」

ぼんやりのクート君にしては、順序だった質問だった。

「社長はビリーだったのさ。出張に出るといって、それきりもう会社にはもどらず、ぼくのところに来たってわけだよ」

ビリーがまたミャオンと鳴いた。

「は？」

なんのことかのみこめないクート君は、きょとんとした顔でヘロン君を見ながらたのんだ。

「悪い。ぼく鈍《にぶ》いんだよね、よくわかるように話してくれないかなあ」

ヘロン君はついにきっぱりいった。

「つまり、きみのひざにいるビリーが社長のビリーなんだよ」

とたんにクート君ははじかれたようにビリーの背から手をどけ、灰色の美しい猫を初めて見るようにじろじろと見まわした。

ヘロン君がつづけた。

「ビリーはね、ぼくの十二歳の誕生日に、親父《おやじ》がもらってきてくれた猫なんだ。そりゃあもう毛並のいい可愛い子猫でさ、しかもすごく賢かったんだ。言葉がわかるだけじゃなく、ひょっとして字も読めるんじゃないかと思うくらいさ。だって算数の教科書をさがしてたときなんか、〈算数はどこだろう〉ってぼくがつぶやいたとたん、ほかのどの本でもなく、算数の教科書をちゃんとくわえて持ってきたんだからね。ぼくはあるとき、〈おまえが人間だったら、ぜったい社長になれるだろうな〉っていったんだ。なぜって、親父がことあるごとに〈社員はつまらん、社長になれ〉ってぼくにいってたからなんだ。するとその夜、ぼくは夢を見たんだ。あの夢ばかりはけっして忘れないな。ビリーが出てきてこういった。〈トミーさん、ぼくは人間の姿になって社会に出て、社長になります。成功してもどってくるつもりだけど、いつのまにか猫だったことを忘れてしまうかもしれない。もし、しばらく帰らなかったら、ぼくをさがしてください。もしかしたらぼくはトミーさんのことに気づかないかもしれない。だから、トミーさんのほうから声をかけて、ぼくを呼んでくださいね。ではまた会う日まで!〉ってね。朝おきたら、もうビリーはいなかった。そのときぼくは誓《ちか》ったんだ。もしぼくが十八歳になってもビリーがもどってこなかったら、ビリーをさがしに世のなかに出ようってね」

クート君は、ぽかんと口を開けたまま、ヘロン君を食いいるように見つめて話を聞いていた。カッカと動悸《どうき》がし、息が早くなった。

「だ、だけどさ、猫が……ビリーがさ、人間に変身するなんて、いくらなんでもめちゃくちゃ……っていうか、その、ひ、非科学的……じゃないか、な」

渇《かわ》いたのどで慣れないことをやっというと、ヘロン君はさらりと答えた。

「そりゃあ非科学的さ。だって科学では変身なんかできるわけがないんだから」

クート君は混乱したが、なんとか食いさがった。

「じゃ、じゃあつまり、どうやって？」

「そりゃ魔法《まほう》みたいな力がはたらいたんだろうね」

「まほう……？」

クート君はしきりと瞬《まばた》きした。魔法を本気で信じていた子ども時代はとっくに遠のいていた。でも、しかし……。

ヘロン君がワインをつぎながらつづけた。

「ぼくは、ビリーはてっきり、ビリー・ヘロンって名で世に出るものだと思いこんで、しばらくそういう名前の社長をさがしていたんだ。ウイリアム・グレイにするなんてなかなか気がきいてるよな。灰色猫だからね。〈銀鈴〉って社名も手がかりになった。ビリーは小さいころ、銀の鈴をつけていたからね。繊維会社というのもうなずけたし。毛布だのタオルだのが大好きだったから。でもなんといっても本人だよ。見たとたん、これはまちがいないと思ったんだ。目がそっくりだった。もっとも、念のために、一年以上見守ったけどね」

そうしてヘロン君は、さまざまの観点から――社長の目の前で毛糸玉をころがしたり、本物のネズミそっくりの置物を見せたりしたときの、人間離れした社長のすばやい反応などから――いよいよ確信を強めていった経緯《けいい》を語り、

「ぼくが名のりでた次の日、仕事から帰ってみると、ビリーがここの玄関《げんかん》にすわっ

ていたんだ。な、ビリー」

と、しめくくった。ビリーは、ミャオと答えた。

クート君は言葉を失ったまま、ヘロン君の一重まぶたの目を見つめた。白目がちのその目が思いのほか大きくて澄《す》んでいることに気づき、クート君はハッとした。

「ほんとうのことなんだね……」

ヘロン君はクート君にじっと視線をそそいだまま、ゆっくりひとつうなずいた。

帰りの夜道でクート君はどうしようもなくあふれてくる涙をときどきぬぐった。子どものときに信じていた魔法は、ちゃんと存在したのだ。こんなに胸ときめくすばらしいことがまたとあるだろうか。夜空に高らかなファンファーレのラッパが響《ひび》きわたる気がした。しかも、これほどの秘密をヘロン君はこの自分にうちあけてくれたのだ。あのグレイ社長がビリーだったなんて！　ああ、みんなが知ったらどんなにおどろくだろう！　でもこれはふたりだけのトップシークレットだ。親友と魔法の秘密を共有しているのだ。ああ人生は捨てたもんじゃない。やっぱりおもしろい!

クート君は何日かを優越感《ゆうえつかん》とともにすごした。昼休み、わけ知り顔のだれかが、「銀鈴の社長、きっと恋人と高跳《たかと》びしたのよ。いまごろはウルグアイあたりでハンモックにのってるわよ」だの「ツグミ小路の占《うらな》いの店に入っていくのを見た人がいるの」などと噂《うわさ》するのを耳にするたび、クフフ、なにも知らないやつらが、とにんまりした。真実を教えたら、どんな顔をするだろう。会社の売りあげと給料にしか興味のない連中に魔法の話など通じやしないだろうけれど。クート君は、これまで自分を軽んじてきた同僚たちを見返すように、口笛を吹いた。

けれど、日がたつにつれ、自信に満ちていたクート君の胸は、穴のあいた風船のようにしわしわしはじめた。あの晩ヘロン君はかなりワインを飲んでいた……。ひょっとすると、からかわれたのかもしれないという疑念がわいてきた。ぼくはまんまとだまされたんじゃないだろうか？　夢の話なんていくらでも作れる。そもそも子どものときに猫をもらったなんてのもウソかもしれないじゃないか！　そう考えてみると、ヘロン君の話に信じられそうな点はひとつもなかった。社長とのやりとりだって、そんなものなかったんだ。猫にたまたまビリーって名をつけたものだから、社長の失踪《しっそう》にかこつけて、ぼくをかついだにちがいない。いまごろ、あいつは腹をかかえてわらってるのかもしれない。ばかにされたと思うと、悔《くや》しさがこみあげた。よし！　今度の休みにヘロンのところに行ってしめあげてやる！

クート君を憤慨《ふんがい》の極致《きょくち》に至らせる知らせが届いたのは、その矢先のことだった。となりの部署の女子社員が、クート君たちの部署に飛びこんでくるなり、息せききって報告したのだ。

「ニュースニュース！　〈銀鈴〉の社長、今日、もどってきたんだってよ！」

クート君は、会社が引けるとまっすぐにヘロン君のアパートに向かった。なじってやるつもりだった。けれど歩くうちに、まんまとひっかかった自分がばかにされるだけのような気がしてきた。そうだ、いっそ、信じたふりをしていただけさっていってやろう。あんな安っぽい法螺話《ほらばなし》にこのぼくがひっかかるわけないだろうってね。うん、これだ。

細い階段を駆《か》けあがり、押《お》しかけたヘロン君の部屋は、心なしかがらんとしていた。見るとビリーの姿がなかった。ヘロン君は背中をまるめ、浮かない顔で一冊の本を示しながらしずんだ声でいった。

「昨日、仕事から帰ったら、あいつは消えていて、かわりに机にこれがのってたんだ。親父が送ってよこしたくだらない本、棚《たな》につっこんでいたのを、あいつ、ちゃんと見つけたんだね、すごいやつだよ。今日は会社中お祭《まつ》りさわぎさ」

それは、『やっぱり社長がいちばん!』というタイトルの安っぽいビジネス書だった。

終点まで

ティッド夫人は、棚《たな》に置いた赤絵の壺《つぼ》と壁《かべ》に掛《か》けた彩色《さいしょく》のエッチングが、たがいの良さを打ち消しあうことなく、微妙《びみょう》なバランスで美しさを引き立てあうのを遠目からたしかめたあと——念のために踏《ふ》み台《だい》にのり、目の高さを変えて部屋全体を見わたしもし——結局、テーブルにクロスを掛けるのはやめにして、イラクサ織のティーマットを二枚敷《し》いた。

娘《むすめ》時代からの友人とはいえ、美術品に目が利《き》き、なににつけ一家言《いっかげん》ある大学教員のモリーが——つまりモリー・ホーク教授が——来るとなると、つい力が入る。

二十代、三十代はそれぞれいそがしくまったく疎遠《そえん》だったのが、四十を超《こ》えてからふたたび交際が復活し、一度ホーク宅に招かれたあとは、二、三年ごとに、モリーがティッド夫人を訪ねるというのがなんとなしの習わしになっていた。たまには旧市街の空気にも触《ふ》れたいし、なにより、洗練されたティッド宅を訪《おとな》うのはたのしみだからと、そのつど旧市街広場にある高級パティスリ特製のアニス入り焼き菓子《がし》をたずさえてあらわれるのだ。ティット夫人もまた、憧《あこが》れの地区で築百五十年という住宅を入手し、なかをリフォームして磨《みが》きあげて以来、自慢《じまん》の我が家だったから、来客は大歓迎《だいかんげい》だった。

けれど、モリーを迎《むか》えるについては、部屋のしつらえとはべつの次元の、ちょっとした気がかりがあるのだった。もっともそれは、心配ごとと呼ぶようなものでも、まして頭痛の種などでもけっしてなく、うまくこうと言葉にしにくい、ただ心のなかでかかえているしかないような、変わったたち、、の気がかりで、いったいモリーもそれに気づいているのかどうか、そこがまた悩《なや》ましいのだった。気づいていなければまだしも、気づいているのだとしたら――?

約束の時間が近づくにつれて、ティット夫人の繊細《せんさい》な内臓が妙《みょう》な具合にくにゃっとよじれてくる。焦点《しょうてん》のない目を白くつややかなボーンチャイナの砂糖壺《さとうつぼ》に向けながら、ティット夫人は決心した。

(もしまたそういうことになったら、わたし、今日こそは、思いきろう)

「いつ来ても素敵なお部屋ね。すばらしいわ。おしゃれですっきりしていて」

相変わらず黒っぽい服を着て髪《かみ》をひっつめにした、やせて背の高いモリーは、部屋に入るなり背筋をぴんとさせ、部屋全体を見まわして教師らしい口調でいった。

「そういってもらえてうれしいわ。でもほら、うちはものがないだけなのよ」

ティット夫人はわらって首をふる。だって謙遜《けんそん》しないわけには、やっぱりいかない。でも心臓はさっきから高鳴っていた。

「あら、ほんとうにいいものだけが、要所要所にきらっとあるところが贅沢《ぜいたく》なんじゃない。しかも古風な趣《おもむき》をちゃんと残しながらモダンでね。わたしもこんなふうに暮らしてみたいけれど、うちはガラクタ置き場、兼《けん》、古本屋」

モリーは口の片方だけくいっとあげて、自嘲的《じちょうてき》にわらい、肩《かた》をすくめながらそういうと、からだの位置をすこしずらし、壁のエッチングをながめて、感心したように大きくうなずく。

ティット夫人はモリーの言葉を大いそぎで否定する。でなければ失礼というものだろう。なにしろモリーは〈気の置けない友人〉というのとは、どこかちがうのだ。

「あらまあやだわ、モリーったら。ガラクタだなんて。お宅こそ素敵なものばかりだったじゃない。わたし、あなたのお家、大好きよ、魅力的《みりょくてき》で！」

そういいながら椅子《いす》をすすめ、そしてついいきおいにのって、「ほら、どこかマラボー先生のお宅みたいで」と、つづけてしまってから、はっと息をのんだ。ああ、まさか自分からそこへ踏《ふ》みこもうとは！　でも、教員夫婦のモリーの家は、けっして〈ガラクタ置き場〉ではなかったにしろ、じつのところ〈モノ置き場、兼、古本屋〉というあたりにはちがいなかったから、そこを巧《たく》みに否定するには、どうしてもなにか役に立つ比較例《ひかくれい》をひっぱってくる必要があったのだった。

ティット夫人は、ティーテーブルについたモリーが、次になんというか、上目づかいにモリーを盗《ぬす》み見ながら胸をドキドキさせて待った。遠い日の光景を思いうかべているのか、モリーはすっとのばした首をわずかに傾《かたむ》け、いくらかやわらかい声でいった。

「ああマラボー先生の半地下の部屋、懐《なつ》かしいわ。暗くかげっていて、本と絵と写真がいっぱいで。それに彫刻《ちょうこく》やら仮面やら剥製《はくせい》やら、ホルマリンに漬《つ》けたこりゃなんだろうってものまでいろいろあったわね。ちょっぴり怖《こわ》かったけど、ぞくぞくしてたのしかった。大きな古いソファーに幾何学模様《きかがくもよう》のクッションがいっぱい積んであって……。あなたがクッションで生《い》き埋《う》め状態になりながら、素焼きのマグカップをつかんでる姿、いまも目に浮《う》かぶわ」

やっぱり。そう、やっぱりこう来るのよね――。でもモリーのその言葉を聞いたとたん、ティット夫人の目にもあらためて、不思議な魅力に満ちていたあのものにあふれたマラボー先生――〈アイビス門〉のほど近くに住んでいた高等学校の愛すべき名物先生――の部屋がありありと浮かんできたのだった。クッションにつめられた薬草の匂《にお》いとそのクッションのおくから手をのばして飲んだ濃《こ》いコーヒーの香りまでよみがえるようだった。ティット夫人の心に、あの部屋で感じた、深い森の葉陰《はかげ》でいたずら小鬼《こおに》とたわむれるような、ひそやかなよろこびがふつふつと湧《わ》いてきた。ティット夫人は、こみあげてくる気分に素直にしたがわずにいられない。

「先生が蚤《のみ》の市《いち》で見つけたっておっしゃってたアンティークの猿《さる》のオルゴール！歯を出してわらってる顔、気味が悪かったわねえ！」

モリーが目をキラリと光らせると、いつものきっぱりした口調にもどってあとをつづけた。

「曲といっしょに首が回って、終わるとその首がぽろっと落ちるのよね？　よくできてるって先生よろこんでらしたわね。でもあれ、ただ壊《こわ》れてただけだと思うわ。それにほら、ルーマニアの奥地の人からいただいたっていう抽象画《ちゅうしょうが》」

「そうそう！」

ティット夫人は一瞬《いっしゅん》ためらったものの、やっぱりいわずにいられなかった。「抽象画なんかじゃなくて風景画なのに、逆さに掛けてあったのよね！」

いったとたん、次にモリーがいう台詞《せりふ》が浮かび、ドキドキした。それはこうだ――。

「でもあの絵、ちゃんと飾《かざ》ったら下手な風景画だけど、逆さにすると、たしかにいい絵に見えるのよね」――。

まもなくモリーがいった。細い親指とひとさし指でとがった顎《あご》をおさえながら、批評家のようにやや抑揚《よくよう》をつけて。

「でもあの絵、ちゃんと飾ったら下手な風景画だけど、逆さにすると、たしかにいい絵に見えるのよね」

――ティット夫人がこの家を入手して十余年。モリーの訪問を受けること数回。そのつど毎回、いまと同じやりとりがくりかえされたのだった。

まず最初に「素敵ね、すっきりしてる」とモリーがティット宅をほめる。そのとたん――そう、そこなのだ。なんといったらいいのだろう……。と、ティット夫人の脳裏に、いまとつぜん、その状況をいいあてる、ぴったりの表現が思いうかんだ。

そう、トロッコだ！　見えないトロッコの車輪がごろりと回転し、丘《おか》の上から走りだすのだ。背高《せいたか》のっぽのモリーと小柄《こがら》なティット夫人をのせて。モリーに答えて、「ものがないだけ」とティット夫人がいう。すると「そこが贅沢なのよ、うちなんてガラクタ置き場兼古本屋」とモリーがいう。「魅力的で好きよ」とティット夫人がいう。そして「マラボー先生のお宅みたい」とつづけたところでトロッコはぐんと加速するのだ。クッションにうもれていた娘時代のティット夫人、猿のオルゴール、逆さの絵……。レールはカーブしながらもまだつづき、自力で止まれないトロッコは、けっして脱線することなく行くところまで行くのだ。モリーがひっつめ髪に指をさしいれ、かきあげながら、「なににおどろいたといって、あれほどぎょっとしたことってなかったわ」という前置き付きのエピソードを語るまで。それは、モリーがひとりで居間《いま》で本を読んでいた昼さがり、バルコニーからブタが入ってきてトコトコ目の前を横切り、となりの部屋のテラスから出ていったという、モリーにはおよそ似つかわしくない珍談《ちんだん》で、そこがレールの終わり、トロッコの終着点なのだった。ブタにかこつけてふたりはわらい、ほーっと大きく息をつく。あたかも長い旅を終えて安堵《あんど》するかのように。そしてやれやれとばかりにトロッコを降り、ようやく新しい話題に入っていくのだった。

ただ、こんなふうに思うのはティット夫人だけであって、モリーは以前に交わした会話のことなんか忘れているのかもしれないのだった。でも、記憶力《きおくりょく》のいいモリーにかぎって、そんなことがあるだろうか。モリーだって重々気づいていながら、重力に逆らえずトロッコにのっているのではないだろうか。ああまたこうなってい く。なぜなのなぜなの、だれか止めて、トロッコを止めてぇ！　と、心で叫びながら、そんなそぶりはすこしも見せずにひた隠《かく》し、ひとりでに止まるまで耐《た》えているのかも。あるいはすっかりあきらめて――。こんな気の回し方をするよりは、「わたしたち、前にもこの話しなかった？」くらいのことをいってみたらいいようなものなのに、威厳《いげん》のただようモリーの佇《たたず》まいを目にすると、そんな言葉はたちまちのどのおくへと引っこんでしまうのだ。

今日もまた走りだしたトロッコは、「逆さにすると、たしかにいい絵に見えるのよね」のところを通過したところだった。次はティット夫人がくすっとわらいながら、こういう番だった。「ほんとは風景画なんだってことに、マラボー先生、いつか気づかれたかしら？」と。でも、決心したではないか。今日こそは思いきると。

それはつまり、トロッコから飛びおりるということだった。

　そこでティット夫人はいった。

「いいお天気ね」

　そしてとたんに後悔《こうかい》した。これはいかにも唐突《とうとつ》だった。モリーが、えっというように目を剥《む》き、それから、きょときょとっとその目を泳がせたような気がした。明らかに戸惑《とまど》っているように。それともそれはティット夫人の思いすごしだったろうか。けれど、どちらにしろ自分はもう一歩踏みだしたのだ。行くしかなかった。さあなんとかしなければと思ったとき、モリーがいそいでいった。

「そうね、ほんとうにいいお天気だわ」

　ティット夫人はほっとしたものの、

「え、ええ、ほんとね」

と無意味な相槌《あいづち》をうつのがやっとだった。それから思いついて、「そうだわ、お持たせで失礼だけれど、お菓子、さっそくいただきましょうね！　あのパティスリのお菓子、すぐに売れちゃうから、近くに住んでてもなかなか食べられないのよ」とつとめて明るくいいながら、アニス入りの焼き菓子をいそいそと白磁《はくじ》の皿に載せた。

けれど焼き菓子はたいした助けにはならなかった。空気はぎこちなくよどんだまま、沈黙《ちんもく》が広がる。かと思うと、同時に発した言葉がぶつかって、「あ、どうぞ」「そちらこそ」とゆずりあったあとに出てくるのが、「おいしいわね」といった体《てい》のことだったりして、居心地の悪さに拍車《はくしゃ》をかけた。

（だめだわ、ああどうしよう！）

客をもてなす側がこんなことでどうするのだ！　ティット夫人は焦《あせ》り、心臓がばくばくし、額にじわりと汗《あせ》がにじんだ。

するとモリーが首をひねって壁の一角を見やり、「あら」と目を大きくした。入手してまもない、新進気鋭《しんしんきえい》の画家の小品に目を止めたのだ。

「ふむ。構図のいい作品ね」

モリーは感心したようにいうと、わずかににっこりして付けたした。「マラボー先生のあの絵も、ああやって飾ってると、とてもいい構図だったわねえ」

まちがいない、モリーは救命具を投げてよこしたのだ！　ティット夫人は、安堵して大きくほほえむと、薄い磁器の紅茶カップを優雅《ゆうが》にくちびるにあてながら、ひとことひとこと、丁寧《ていねい》にいった。

「ほんとは風景画なんだってことに、マラボー先生、いつか気づかれたかしら？」

モリーが、すこし細めた目をきらきらさせて首をふった。

「ううん。先生にとってあれは、永遠に抽象画だったと思うわ」

ふたりはまたトロッコにのりこんだのだった。

トロッコはレールの上を快調にころがりつづけ、やがてモリーが、ひっつめ髪に指をさしいれ、おもむろにかきあげながらいった。

「なににおどろいたといって、あれほどぎょっとしたことってなかったわ」

そしてブタがトコトコと居間を横切ってテラスから出ていったところまでついにたどりついた。

ふたりはわらい、ため息をつき、それからなにごともなかったように、たがいの近況報告《きんきょうほうこく》へと、会話はたのしくすすんでいった。

ティット夫人は、ゆっくりと確信を深めた。

残りの五十代、六十代、七十代と、この先ふたりが生きつづけるかぎり、この友情はしっかりつづいていくだろうと。鍵《かぎ》はただひとつ。まずはいっしょにトロッコにのり、終点まで行くこと。

ウソ太郎

「そうか、ロビンはまだ学校なんだね。二年生になったって？　このジイサンのことはおぼえてないだろうなあ」

ジェイ伯父《おじ》さんはつぶれたような山高帽《やまたかぼう》を出窓に置きながら、広場の中央の噴水《ふんすい》や週に一度立つ古本市を見おろし、白いひげを指でなでた。

ジェイ伯父さんは七十をすぎていたが、いたずら好きの一種の風狂人《ふうきょうじん》だった。そもそもどこに住みなにを生業《なりわい》にしてきたのか定かではなく、貧乏《びんぼう》なのかあんがいお金持ちなのかも、奇妙《きみょう》な服装からは見当がつかなかった。ただ手先は群をぬいて器用で、手作りの装飾品《そうしょくひん》やおもちゃを手みやげに、親戚《しんせき》や友人の家をふらりと訪れては、たのしいひとときを提供していくのだった。いきなりの訪問にもかかわらず、どこでもこころよく受けいれられたのは、日常とちがう風を運んできてくれるからなのだろう。

来客を知らせる呼び鈴《よりん》が鳴り、玄関ののぞき窓の向こうにジェイ伯父さんの顔が見えたとき、バーディーは天からの使いかと思ったほどうれしかった。息子のロビンにほとほと手を焼いていて、だれかいい解決方法を授けてくれないものかと藁《わら》にもすがりたい思いを胸に、壁《かべ》の落書きをこすっているところだったのだ。こんなときのバーディーになら、〈いい子に育つ〉と銘打《めいう》てば、どんな玩具《がんぐ》だろうと教材だろうと、かんたんに売りつけることができたにちがいない。

「ジェイ伯父さん、聞いてほしいの」

バーディーはいれたてのコーヒーをテーブルに置くと、出窓のそばに立ったまま、半分消された落書きのほうへと興味深そうな視線を向けていたジェイ伯父さんに声をかけた。伯父さんは、

「あれはロビンのしわざかい？　細かい絵をじょうずに描《か》いたもんだ」

と感心しながら椅子《いす》につき、「で、なんだね？」と、バーディーをうながした。

バーディーは、ロビンの目にあまる言動を、思いつくままうちあけた。

「遅刻《ちこく》のいいわけにわたしを病気にしたり、遠足には果物《くだもの》を五つ持ってくきまりなんだっていったり、昨日は昨日で、新市街センターで無料教育相談をやってるよ、なんていうから、飛んでいったら真っ赤なウソ。落書きしたくなって、なるべく遠くまでわたしを追っぱらおうとしたってわけ。しかもこれは落書きじゃない、へきがだよなんていうのよ。口が達者で叱《しか》ってもぜんぜん効き目はなし。もうわたし、あの子にふりまわされてノイローゼになりそう」

「ははは！　教育相談に壁画ときたか！」

ジェイ伯父さんはおかしがってわらったが、母親になっても相変わらずの頼《たよ》りなさで、「しっかり反省させる方法ってないかしら？」と、姪《めい》に見つめられると、さすがにこれはなんとか力になってあげなければという思いがこみあげてきた。

「たしかになかなか手ごわそうな子だねえ。口ばかりか、手も頭も達者なようだし。

そういう子は……そうだなあ。裏の裏をかくようにして、ちょっと懲《こ》らしめてやるとするか」

ジェイ伯父さんは腕組《うでぐみ》をし、しばらく斜《なな》め上をにらんで胸をそらせていたが、やがて、「よし！」というなり、こぶしで片方の手のひらをぽんと打った。

「きみとロビンにひとつずつおみやげをこしらえてきたんだ。そのふたつをうまく利用するとしよう。まあまかせなさい」

大きなランドセルをしょって帰ってきたロビンは、バーディーによく似た可愛らしい顔立ちの小さな男の子だったが、目はいかにもはしこそうに光っていた。

ロビンはジェイ伯父さんを見るなり、警戒心《けいかいしん》をあらわに観察し、高い声でおずおずと挨拶《あいさつ》した。でもほどなく興味ありげな表情に変わったのは、ふつうのおとなとどこかちがう匂《にお》いを嗅《か》ぎとったせいだろう。

テーブルについたロビンが、おやつを食べはじめてすこしたったとき、

「わたし、向こうの部屋で、ちょっとアイロンかけてくるわね」

と、バーディーが居間《いま》を出ていった。そのとたん、

「いいものを見せてやろう」

と、ジェイ伯父さんがいたずらっこのようにささやくと、大きすぎるチョッキのポケットから、おもむろに四角いものをとりだしてテーブルの上に置いた。

ロビンはたちまち目をうばわれ、ビスケットを持った手を口の手前で止めた。それは、小さな洋服ダンスで――つまり洋服ダンス型の小物入れだったわけだが――、光沢《こうたく》のある焦《こ》げ茶色《ちゃいろ》の扉《とびら》には、赤と緑に色塗《ぬ》られた菱形《ひしがた》の格子模様《こうしもよう》が、それはそれは美しく繊細《せんさい》に描かれていた。取っ手は小さな小さな松ぼっくりの形をしていた。

「ね、ドア開く？」

ロビンは息を飲み、小声でたずねた。ジェイ伯父さんが大きくうなずいて、タン

スをぐっとロビンに近づけると、自分で開けてみるよう手でうながした。ロビンは松ぼっくりを指先でつまむと、そっと引いた。

「ぅわっ！」

ロビンはのけぞった。ビックリ箱だったわけではないが、なかにはビックリ箱から飛びだしてきそうな不気味な人形が——せいぜいひとさし指くらいの背丈《せたけ》しかない頭でっかちの人形だったが——、蔓草模様《つるくさもよう》の内張りを背景に、ひとつ、ぬっと立っていたのだった。肩《かた》にめりこんだような顔には邪悪《じゃあく》そうな大きな目と鼻と口、くにゃりと前に垂れた青い縞《しま》のとんがり帽子をかぶり、マントをはおった、木彫《きぼ》り人形だった。

「なんでこんなものが入ってんのさ！　ぼく、きらいだよ、こんなやつ、なんなんだよお！」

ロビンはいかにもわがままな子どもらしく、おどろかされたことにすっかり腹を立てながら気味悪さにすばやく両手を背中に回した。

ジェイ伯父さんは、おもむろに木彫り人形を手にとるといった。

「これはね、このタンスに住んでいる、ウソ太郎だよ」

「へーんな名前！　なにさウソ太郎って！」

自分がウソつきなのを知っているロビンは〈ウソ〉という言葉に敏感《びんかん》で、〈ウソ〉と聞くときまって胸がドキドキし、つい目が泳ぐのだった。ジェイ伯父さんは、ロビンのそんな目のおくをじっとのぞきこみながらいった。

「ウソ太郎はウソが大好きで、どこかにウソつきがいるのに気がつくと、その子の心を盗《ぬす》んで、自分の胸のなかにしまっとくんだ」

「へーん！　そんなのぼく信じない！　第一、どうやって盗んで、どうやってしまっとくってのさ」

ロビンはほんとうはすこし怖《こわ》かったのだが、そんなばかげたことはあるはずがないと思った。伯父さんは大きくうなずいてからいった。

「どうやって盗むのか、そこのところはこのぼくにもわからない。でも、どうやってしまっとくのかはわかるぞ。人の心は見ることができないけど、ウソ太郎の場合は、〈こころ玉〉ってのが、からだのなかに入っていて、見ることができるんだ。どれ、ひとつ見てみるとするか」

ジェイ伯父さんはそういうなり、ウソ太郎の頭をくるくると回して胴体《どうたい》からはずし、からだを逆さにした。するとコトンと音たてて、うすむらさき色のビー玉がテーブルにころがりおちた。

「どこにでもあるただのビー玉だと思ったら大まちがい。これは〈こころ玉〉。つまりウソ太郎の心だよ。どれどれ……」

伯父さんは〈こころ玉〉を指でつまみ、窓のほうを向きながら目に近づけた。

「ダブ……。ほお。ダブって子の心がつかまっちまったらしいなあ」

「えっ、どれ見せて！」

ロビンは身をのりだして〈こころ玉〉をせがむと、すばやく目を近づけた。文字のような金色の豆粒《まめつぶ》が点々とならんでいたが、読めなかった。

「点々を向こう側に向けて、反対からのぞいてごらん」

伯父さんにいわれたとおりにしながら窓のほうを向いて目を近づけてみると、ガラスのなかに、〈DOVE《ダブ》〉という金色の字がぼんやり大きく浮《う》かびあがった。

「ああっ……」

「そういうわけさ」

ジェイ伯父さんはロビンから〈こころ玉〉を受けとり、ウソ太郎のなかにコトンともどして頭を元通りにすると、タンスにしまって扉を閉めた。

「ねえ、じゃあさ……ダブって子の心がウソ太郎にとられちゃったんなら……、そのダブって子は、ぬけがらになっちゃったの？」

おそるおそるたずねるわりには、筋道だったことをいう子どもだとジェイ伯父さんは感心しながら答えた。

「そのとおり。ぬけがらになったダブは、いまごろどこかでぺたんとなってるはずだよ。で、心のほうはウソ太郎のものになってタンスのなかでじっとしてるってわけだ。まあさしずめ、これまでついたウソでもって、ウソ太郎をたのしませてるんじゃないのかな」

「……じゃ、もしさ、ほかのウソつきの子を見つけたらどうなるの？」

ロビンは必死だった。

「そのときは、ダブの心はどこかへ行ってしまうんだ。溶《と》けてしまうのか、もとのからだにもどるのか、そこのところはわからない。でも〈こころ玉〉の名前がひとりでに変わるのはたしかだ。ダブの前はガルだったし、その前はたしかカイトだったよ。ウソ太郎のやつ、タンスのなかにいるってのに、どうやって見つけてくるんだかねえ……」

「ふうん。遠くにいても、つかまるかもしれないんだね……もちろん近くにいても……」

まるいロビンの目に幼いおびえが見えたので、ジェイ伯父さんは、さすがにいくらか可哀《かわい》そうにもなり、やましさも感じて、ロビンの手の甲《こう》をとんとんとやさしくたたくと、秘密の話をするように身をのりだし、ちくんとウインクしてから声をひそめていった。

「じつはぼくもね、昔はけっこうウソをついたんだ。ウソ太郎に見つからなくてさいわいだったよ。ロビン、きみも気をつけろよ。ウソ太郎は子どもが好きらしいからね」

ロビンはしばらく口をきかずに、ぼうっとしたまま、冷めたココアを飲んだ。いままで見つからなくてほんとうによかったと思った。でもそうしているうちに、疑問がふくれあがってきた。

「ねえ、ジェイ伯父さんは、どうしてそのタンスを持ってるの？」

ジェイ伯父さんは腕組をしながら、すらすらと答えた。考えてあったのだ。

「ずっと前に蚤《のみ》の市《いち》で見つけて買ったんだ。タンスも人形もひと目で気に入ってね。すると、店のすみでじっとしていた、しわだらけのばあさんが、いまの話をこっそり教えてくれたのさ。忘れもしない。ばあさんといっしょになかの玉をのぞいたときは、ルークという名前が見えてたよ。それがいつかべつの名前に変わるだなんて、とても信じられなかったけど、そのあとで〈こころ玉〉をのぞいたらちゃんと変わってるじゃないか。だからさすがに信じるようになって、それからぼくは、ウソをつかないようにしてるんだよ」

ちょうどそのとき居間にもどってきたバーディーが、ジェイ伯父さんの最後の言葉をつかまえて、わざとなじるような調子でいった。

「あら？　聞こえたわよ、伯父さん。ウソをつかないようにしてるですって？　さっきついたばかりじゃない。七十五なのに、ぼくは六十六だよだなんて。おばあちゃんのお兄《にい》さんが、おばあちゃんより若いはずないわよねえ、ロビン？」

ロビンははっとしたようにジェイ伯父さんを見、それからテーブルの上のタンスを見た。ウソ太郎は、こんなに近くでついたウソに、気がつかなかったんだろうか……。ジェイ伯父さんがまたちくんとウインクして、

「ドンマイドンマイ。それっくらいのウソは見のがしてくれるさ。へっちゃらさ！」

とささやいた。

ロビンが言葉すくなに子ども部屋にひきとったあと、ジェイ伯父さんとバーディーは、目を見あわせて、うなずきあった。

「けっこうこたえてたみたいね」

バーディーが声をひそめた。

「ちょっとやりすぎたかね？」

ジェイ伯父さんもささやき声でいい、首をすくめて舌先を出した。

「ここでやめとくか。素直そうな子じゃないか」

バーディーは心を決めかねて首をかしげくちびるをとがらせていたが、壁の落書きの残りが目に入ると、うなだれていた気持ちがしゃんと立ちあがった。

「ううん。あの可愛い顔に何度もだまされてきたの。計画どおりやりましょう！」

ジェイ伯父さんは、それならまあという顔でひげをぴんと指先ではじくと、タンスの扉をふたたび開け、ウソ太郎をとりだしたのだった。


「あれ？　ジェイ伯父さんは？」

しばらくして居間にやってきたロビンがきょろきょろとあたりを見まわした。

テーブルで家計簿《かけいぼ》をつけていたバーディーが、立ちあがりながら答えた。

「広場の古本市をちょっとのぞいてくるってさっき出ていったわ。そのうちもどってくるでしょ」

そして、夕ごはんに、なにをごちそうしようかしらなどといいながら台所に入っていった。

そこでロビンはこのすきにとすばやくタンスを手にとった。自分の手で〈こころ玉〉をのぞいてみたくなったのだ。怖い一方でおおいに興味はあったのだった。

ロビンは「あっ！」と叫《さけ》びそうになった。なんと、うすむらさき色のガラスの向こうに浮かびあがった金色の文字は、〈DOVE《ダブ》〉ではなく〈JAY《ジェイ》〉に変わっていたのだ……。

（伯父さんのウソ、やっぱり聞かれたんだ……。伯父さん、いまごろぺたんってなってるんだ……きっともう帰ってこない。ああ、どうしよう）

ロビンは蒼《あお》ざめ、手はわなわなとふるえ、指先は極度の緊張《きんちょう》で汗《あせ》ばんだ。伯父さんのことはさすがに心配だったが、それ以上にウソ太郎の力に圧倒《あっとう》されずにいられなかった。ああ、ぼくはもうけっしてけっしてウソなんかつかない。こんなやつに心をとられて、こんなところに閉じこめられるのはぜったいにいやだ！　ぺたんとなんかぜったいになりたくない！

ロビンは荒《あら》い息をしながら、汗ばむ手で〈こころ玉〉をにぎりしめた。それからもう一度玉を見ようと手を広げたとき、手のひらに金色のインクがついているのに気づいた。妙《みょう》に思って玉のほうを見ると、点々がかすれて消えかかっている。

（ん？　あれ？　あ……）

同時に極細油性ペン二十四色セットのなかの金色だけが、鉛筆《えんぴつ》といっしょにテーブルの上のペン立てにさしてあるのが見えた。いつもはケースごと居間の本棚《ほんだな》の下の引き出しにしまってあるのに——。

ロビンはゆっくりゆっくり、全体像を解きあかしていった。靄《もや》が晴れるように見通しがよくなった。あそこからペンを出したということは……そうか、お母さんもグルだったんだ……。よくもだましたな……。

ロビンの心のなかで悔《くや》しさがむくむくとふくらみ、もうすこしのところでいきおいよく台所に駆《か》けこんで腹立ちまぎれにどなりたてるところだった。でもそれをじっとこらえてくちびるをかんだ。なにか、あっというような仕返しをしてやろうと思ったのだ。

ロビンはペン立てから金色のペンをそっとぬきだし、〈こころ玉〉を持って子ども部屋に入ると大いそぎで仕事にかかった。

母親に見られずに居間にもどり、〈こころ玉〉を元にもどしたロビンは、ふたたび子ども部屋に入ると、ベッドに寄りかかるかっこうで床《ゆか》にすわった。そしてかくんとうなだれ、両手をだらりとさげ、両足を投げだして目を閉じた。さも心を盗まれ、ぬけがらになったように、ぺたんとしてみせたのだ。

（ぼくをかつごうたって、そうはいくもんか。お母さんがちゃんとあやまるまで、このままずうっと、ぺたんとなっててやるからな。へへへーだ！）

そうしているうちに、ロビンは眠《ねむ》くなり、そのままうとうとと眠ってしまった。

――と、呼ぶ声がした。

「おいこら、ロビン！」

それはいままで一度も聞いたことのない、とてもおかしげな声だった。

「お利口なようでもやっぱり子どもは猿知恵《さるぢえ》だな！」

むっとしたロビンがなにかいいかえすまもなく、声はさらにつづいた。

「こっちから盗みに行かなくても、自分のほうからやってくるなんざ、こりゃ上等だとせっかく小躍《こおど》りしたってのに、つめが甘《あま》いんだよ、つめが！　ああまったく、心が、くねくねもやもやちりちり、すわりが悪いったらありゃしない！　ほらロビン、しっかりせい！　やり直しだやり直しだ！」

げろんげろんと響《ひび》くようなやかましさに、ロビンはとうとう薄目《うすめ》を開けた。するとどうだ。青い縞のとんがり帽子をたてがみのようにふりまわし、大きな口を開けて文句をいいつのる、ウソ太郎の怒《おこ》った顔が大きく目に飛びこんだのだった。

「うわあっ！」

「ほら、バーディーに見つかる前に早く書きなおさんか！　そうしてくれないと胸のあたりがむずがゆくてたまらん。ほら早く！」

ウソ太郎がいったいなにをさわいでるのかさっぱりわからなかったが、そんなことはどうでもよかった。ロビンはただもうやみくもに手をつきだして、ウソ太郎を遠ざけようとしたが、ウソ太郎は雲のかたまりのようで、押《お》しても払《はら》っても顔の前をただようばかり。

「あっち行け！　あっち行けえ！　うわあん、うわあ〜ん！」

ロビンは夢のなかで叫び、激しく泣いた。

ところがそのときとつぜんきゅきゅっという、こすれるようななんとも妙な音がしてウソ太郎の顔が消えたのだった。

そのわずかに前のこと。食卓《しょくたく》の用意をしはじめたバーディーは、ふと〈こころ玉〉をのぞいてみたい気持ちにかられた。さっきジェイ伯父さんが書いた〈JAY《ジェイ》〉の字をもう一度たしかめたくなったのだ。――夕食のテーブルで、「伯父さんおそいわね。どうしたのかしら」とつぶやいて、ロビンが〈こころ玉〉をのぞくようにさりげなくうながすという手はずだった――。

ロビンは子ども部屋に入ったきり静かにしているからだいじょうぶ。バーディーは、タンスからウソ太郎をとりだすと、頭をそっとはずして〈こころ玉〉を目にあてがった。ところがバーディーの目に映ったのは、〈JAY〉ではなく、〈ЯOBIИ《ロビン》〉なる、反対向きになった字だった！　しかもいかにも子どもっぽい、へたくそな……。

（やられた！　だけど、字を反転させて書かないとのぞいたときに逆になるってとこまでは、さすがに気が回らなかったのね。たしかめてみないところも、やっぱり子どもね。……でもあの子のことだもの、きっといまごろ、ぺたんとのびたふりでもしてるに決まってるわ。やーれやれ、結局またわたしの負けだわ）

バーディーは肩をすくめ、くすっとわらうと、〈こころ玉〉――ではなく、ただのビー玉をきゅきゅっと指でこすって〈ЯOBIИ〉の字を消してから、似たようなビー玉がたくさん入ったビニルの網袋《あみぶくろ》にもどし、引き出しのおくにしまった。

ロビンが子ども部屋から飛びだしてきたのはまさにそのときだった。バーディーに抱《だ》きついてしくしくべそをかきはじめたのだ。

しゃくりあげがやっとおさまったところで、ロビンは、涙《なみだ》の粒をきらきらさせな

がらバーディーを見あげ、

「ぼくね、もうウソつかない」

とつぶやいた。

わけがわからないまま、バーディーはうれしいのと可愛いのと可哀そうなのとで胸がいっぱいになり、思わず、

「いいのよ、ちょっとくらい」

などと口走って、ロビンをぎゅっと抱きしめたのだった。

坊やと《おしどり屋》

旧市街広場に面した《おしどり屋》は、店構えは小さいが、食料品から日用品にいたるまで、そこに行けばとりあえず用が足りる昔ながらの〈よろずや〉で、うっすらつもった缶詰《かんづめ》のほこりやパッケージの色褪《いろあ》せなどをとやかくいわない向きにはなかなか重宝《ちょうほう》されていた。また、旧市街見物目当ての遠来の散歩者たちは、たいがいここで足を止めてシャッターを切った。洞窟《どうくつ》にでも入っていくような入り口の暗がり、そこに雑然と積まれた目玉商品、張りだした赤と緑の縦《たて》じまのぺかぺかした日よけ屋根といった組みあわせが、いかにも古くさく庶民的《しょみんてき》で、旧市街らしい雰囲《ふんい》気《き》を醸《かも》しだしていたからだ。

それにさらなる彩《いろどり》を添《そ》えているのが、店舗《てんぽ》に隣接《りんせつ》したこぢんまりとしたゲームコーナー、〈クマ倒《たお》し〉だった。台の上のボールマシンと、おくまったところに一列にならんだ五匹《ひき》のクマ型の、見るからに安っぽいしつらえには、ある種の風情《ふぜい》がただよっていた。

平たい板でできた五匹のクマは、右からだんだん大きくなっていき、左はしのものは等身大といえるくらい大きかった。そんなのが全員こちらを向き、うしろ足で立って万歳《ばんざい》のかっこうをしているのだが、日よけ屋根に合わせてか、一匹ずつ交《こう》互《ご》に赤と緑に塗《ぬ》られていたから——しかも玉の当たる場所は色がはげおちていたから、いっそうクマらしい現実味はなく、可愛いだけで、怖《こわ》いところなどすこしもなかった。

《おしどり屋》を営むのは三代目のダック夫妻。ともに六十を越《こ》えていたが、仕入れから店番、〈クマ倒し〉の管理と景品渡《わた》しまで、ふたりでなんとか切り盛りしている。夜はその日の売りあげを数え、質素な食事をし、明日の準備をすませたら、早めの就寝《しゅうしん》までのわずかな時間をそれぞれすごす。とくに話すこともなく、せいぜいが納戸《なんど》の電気が切れたよのたぐいを二言三言いう程度。おたがい空気のようなものだから、むろんけんかもなかった。

そんなある夜の食卓《しょくたく》で、ダックのおかみさんが、酢漬《すづ》けの野菜を皿にとりわけながら、ぼそりと口を開いた。

「ガネットさんとこの坊《ぼう》や、あれ、どういうんだろうね？」

「ああ。今日も来たか」

ダックのだんなが太い指でフォークを動かしながら応じる。気づいてたんだと思いながら、おかみさんはつづけた。

「ここんとこまたずっと来てるよ」

「ふうん。で、だめか、やっぱり」

「だめだめ」

ダックのおかみさんはくちびるをつきだし軽く首をふった。だんなのほうも同じように首をふったので、きれいにはげあがった頭の表面で、天井《てんじょう》から吊《つ》るした電燈《でんとう》の光も揺《ゆ》れうごいた。

　ガネットさんは先代からの顧客《こきゃく》で、若い時分に夫に先立たれ、ひとり息子を女手ひとつで育てあげた、大柄《おおがら》で気丈《きじょう》な、威風堂々《いふうどうどう》たる老婦人だった。〈坊や〉と呼ばれつづけて育ったその息子は――だからほとんどだれも本名を知らない――小さいときから幾度《いくど》となく母親に手を引かれてやってきたが、子ども好きだった先代にさえうちとけない人見知りで、話しかけられるたびに母親のスカートに顔をうめてくねくねし、それでも「クマクマ」と母親にねだるのは忘れず、かならずとなりでひと勝負してから帰っていくのだった。そんな子も、すくすくと成長し、いまでは（ガネット夫人が小鼻をひくつかせながら、語ったところによると）薬品会社の経理課長をつとめる、りっぱな四十男だった。だがいっこうに身を固めず、でんと君臨《くんりん》する母グマのようなガネット夫人と、相も変わらぬむつまじいふたり暮らしをつづけていた。

ダック夫妻が先代から店を継《つ》いだとき、この〈坊や〉は高校生だった。しばしば下校途中《とちゅう》にゲームコーナーに立ちよっては、クマにボールをぶつけ、口もきかずになにかしらを持って帰る。愛想のないことといったらなかったが、その年頃《としごろ》の少年はたいがいそんなものだ。だが学生になろうが社会人になろうが〈坊や〉はいっこうに変わらず、「お母さん、お元気?」と声をかけてやっと、「はい」という小さなひとことが返ってくるという塩梅《あんばい》で、子どものままおとなになった男の典型のようなものだった。そもそも社会人になってもなお、仕事帰りに〈クマ倒し〉に立ちよることと自体、子どもじみているわけだが。むろんいくらか波はあり、数か月も遠のいたときは、さすがに卒業したかに思えたが、結局のところまたあらわれ、そうなると立てつづけに十日やそこらはやってきて、ゆうに五、六回は投げていくという調子。そしてこのところ〈坊や〉は、中年らしくふっくらしだしたその顔を、ふたたび見せるようになったのだった。

Útok na medvědy
5
4
3
2
1

ところで〈クマ倒し〉とは、コインを入れるとマシンからせりだしてくる一個の布製の玉を、ねらったクマめがけて投げつけて向こう側に倒すという、一回勝負の単純なゲームで、倒したクマが大きいほど景品が良くなった。当たる確率からいえば小さいのを倒すほうがむずかしそうに思われるかもしれないが、綿と豆とがつまった玉は大きなトマトほどもあったから、おおざっぱにねらってもだいたいは当たるのだ。だいじなのは力で、軽く当たったのでは倒れない。つまり勝負は、どれだけ強く玉を投げられるかにかかっていた。

だが通称《つうしょう》五番グマ、すなわちいちばん大きなクマ以外は、じつはそうたいしたことはなかった。一番グマはごくゆるく、四番グマでも、がんばった子どもが意気揚々《いきようよう》と景品を持って帰れる程度の強さで固定されており、五番グマだけが、大の男でやっと倒せるくらい、ぎゅうぎゅうに締《し》めつけられていたのだった。こうすることで、付き添いのおとなや、通りがかりの冷やかし客なども呼びこむことができた。景品もそれなりのものが用意されていたし、残念賞まであるというサービスぶりだったが、もちろん、店の会計に影響《えいきょう》の出るような代物《しろもの》ではなかった。堅実《けんじつ》な商売をむねとする《おしどり屋》らしいやり方だった。

さて、ガネットさんとこの〈坊や〉は子どものときから通いつづけて三十余年、〈坊や〉はなんといまだに、五番グマを倒したことがなかったのだった。

ダックのおかみさんが口をすぼめて、ふっふっとポトフを冷ましながらつづけた。

「坊やもねばるよね。若いころより力は落ちてるだろうし、いいかげんあきらめりゃいいのに。まさかスポーツジムのかわりでもあるまいしね」

客の噂《うわさ》をするにしても二言三言で終わるのが常だったから、この話もこれきりのつもりで、おかみさんはシュッと鼻をすすり、パンに手をのばした。

するとダックのだんなが、すくいかけたスプンの手をぴたりと止め、声をひそめるようにいった。

「じついうと、ずーっと思ってたんだ。坊や、あのクマをさ、ガネット婆《ばあ》さんだと思って投げてんじゃないのかね。本人にたてついて心臓発作でもおこされたらかなわんてんで、クマに玉をぶつけて鬱憤晴《うっぷんば》らししてんじゃないかあ?」

「へえ……」

おかみさんはめずらしいものでも見るような目つきでまじまじと夫を見つめた。この人、そんなことを思ってたんだ……と思いながら。

「鬱憤晴らしねえ。なるほどそうかもしれないねえ」

だんながつづけた。

「この前だっておまえ、休日だってのに、婆さんの手をとってゆっくり広場を歩いてんの見たろ? 孝行息子かなにか知らんけど、そんなことがたのしいわけないやね。あのいばった婆さんといれば腹立つこともあるだろうさ。それでもひとり残して出てくわけにもいかないんだろうし……」

「もっともだ」

うなずきながら夫の言葉を頭のなかでころがしているうちに、脳の片隅《かたすみ》でリン……と鈴《すず》が鳴り、おかみさんはハッとしてめんどりのように首をつきだした。

「いま思いだしたけどさ、ついこの前、ラジオで心理学者とかいうのがいってたんだよ。母親の存在が大きすぎて、いつまでたってもおとなになれない息子がいるって。会社なんかでは一人前の顔してても、中身が子どものままって男は、たいがい母親が原因なんだとさ。そういう男は、一回母親を殺して――もちろん心のなかでの話だよ、ほんとに殺しちゃたいへんだからね。で、精神的……なんだ？……そう精神的自立ってのをしなきゃいけないんだっていうのさ。……ねえ、坊やさ、ただの鬱憤晴らしじゃなく、五番グマでもって、母親殺しをしようとしてんじゃないだろうか？」

ダックのだんなは、ワイングラスの柄《え》をにぎったまま小さな目をまるく開き、反り身になって妻の顔を見た。

「ほお……」

おかみさんの口から心理学者だの精神的自立だのといった言葉が飛びだそうとは、よもや思いもしなかった。

「あれを倒せないうちは、いつまでも婆さんを越えられないってわけか。……だとしたら、こりゃおれたち、罪つくりかもしれないぞ、おい」

「罪つくり?」

「だってそうだろが。五番のネジがきついばっかりに、いつまでも婆さんの可愛い坊やでいられたんじゃ、いくらこっちに落ち度がなくたって、寝覚《ねざ》めが悪いやな」

「それもそうだね……。もし倒せたら、坊や、どんなにか晴ればれするだろうねえ! やっと自分に自信を持ってさ、〈ぼくにはもうかまわないでください!〉なあんてはっきりいってさ、精神的自立ってやつをとげるわけか!」

おかみさんの頬《ほお》が、電燈の下でいたずらっぽく生き生きと光った。

「ねえちょっと！　明日からネジゆるめとかない？　かりにほかの人が先に倒したって、まあいいじゃない。坊やが来て倒すまでのあいだ、ゆるめとこうよ」

「そうだなあ。ボール代もこれまでずいぶん払《はら》ってもらってるわけだしなあ」

ふたりは満足そうにうなずいて、中途《ちゅうと》になっていた食事をつづけた。〈坊や〉が五番グマをバターンと倒したときのおどろきの瞬間《しゅんかん》を想像し、これはぜひとも見てみたいものだとふたりは思った。しかも、精神的自立の手助けをするのだと思うと、隠《かく》れた善行をほどこすようで気分がよかった。

夫婦はしばし黙々《もくもく》と食事をしながら、ふだんとはちょっとちがう溌剌《はつらつ》とした気分を味わっていた。

と、ダックのだんなのなかに、新しい観点がぽっと点《とも》った。

「しかし、待てよ……」

だんなは、天井を一度ぎゅっとにらんでから口を開いた。

「心理学者の話は、それはそれで一理あるかしらんけど、こういうこともいえないか？　人間、目標があるうちがしあわせなんだっちゅう話さ。まだ倒してない、でかいのが一匹いるあいだは、挑戦《ちょうせん》はつづくわけだ。三十年目ざしてきた目標が急になくなったら、かえって腑《ふ》ぬけになるかもしれんぞ。倒すのと倒さないのと、ほんとうはどっちがしあわせか、そのへんは人間、やっかいなもんだぞ」

ダックのおかみさんは思わず手を休めて夫に見入った。ここまであれこれと人間の心模様を洞察《どうさつ》するような人だったとは！

「なるほどお。挑戦しているうちが花ってことはあるかもねえ……」

感心して夫を見つめるうちに、今度はおかみさんの心の深いところで、もやもやとした思いがうごめきだした。それはかなり皮肉な見方だったが、でも今日は、思いついたら口にしないではいられなかった。おかみさんは上目づかいに夫を見ながら、小声でいった。

「ねえあんた。こんなこと考えるのは、あたしが意地悪なのかもしれないけどさ、もしかしてだよ、もしかして。坊や、あれを倒すのが怖いんじゃないか？」

「怖い。……じゃあなんだってわざわざ来るんだ」

「うん。あのさ、自分と取り決めでもしてるんじゃないかって、いま思ったんだよ。五番グマを倒したら次の一歩を踏《ふ》みだすぞってさ。倒したら、そのときこそ家を出て、本気で身を固めるぞってね。だからこそ投げに来るんだけど、じつは内心怖いんだよ……。で、がんばって投げてるふりしながら、こっそり手加減してるんだよ。つまり、自分自身をだましてるんだよ」

「自分自身」のところでおかみさんは自分の胸を指先でつついてみせ、夢中のあまり首をつきだし、口をとがらせてつづけた。

「たしかにガネット婆さんはいばってるし、息子を牛耳《ぎゅうじ》ってるように見えるよ。大の男をいまだに〈坊や〉なんて呼んで、子ども扱《あつか》いしてるんだからね。……だけどね、ほんとは〈坊や〉のこと、ちっとも引きとめてなんかいないのかもしれないいんだよ。婆さんに抑《おさ》えつけられてるふりをして、出てこうとしないのはじつは息子のほうなのかもしれないいってことさ。本人もこれじゃいけない、なんとかしなきゃってずっと思ってるの。で、五番グマを倒したらやるぞって自分に誓《ちか》っていながら、一日延ばしにしてるわけ！」

おかみさんはそうしめくくって、どんぐりまなこをぐりんとさせて夫の目をじっと見た。

ダックのだんなは、食事中だったことも忘れて、ぴゅうと口笛を吹いた。

おかみさんは火照《ほて》った顔でこくんとうなずき、だんなもゆっくりうなずいていった。

「そういうことなら、やっぱりここはひとつ、ネジをゆるめてビックリ仰天《ぎょうてん》させるっちゅうのも一興かもしれないな。どうだ、〈坊や〉の背中を押してやるか？」

ダックのだんなの目が光る。おかみさんはにいっと口を横にのばして、にっこりする。

でもそれから、

「とはいったものの、ほんとのところは謎《なぞ》だよねえ」

と、肩《かた》で息をつき、

「そりゃそうだ。ほんとうのところは謎だ」

と、だんなも応じた。

「ほうっておくのがいちばんか」

「うん、そうだな……。このままほうっておくとしよう」

ふたりは見つめあい、それからやっと残りの夕食にかかったが、ひとつのことをめぐってこんなに話しあったことがあったろうかとそれぞれの記憶《きおく》をたぐっていた。だがふたりともとんと思いあたらなかった。無理もない。だってなかったのだから。

ダック夫妻に会話のきっかけを与《あた》えたのみならず、人の心の裏側までを考えさせ、未知だったたがいの一面を発見させたというだけで、ガネットさんとこの〈坊や〉の行動は、もう十分に意味があったといえるだろう。

だから、〈坊や〉がこれでもかこれでもかと五番グマに挑戦しつづけるほんとうの理由など、いわば付けたし、といってよいのだが、事実はこういうことだった。五番グマに玉をぶつけて倒せなかったときにだけもらうことのできる、残念賞用の小さなガム。ほかでは売っていないこのガムのバラ色の包み紙は、ガネット老婦人の唯一《ゆいいつ》の趣味《しゅみ》である貼《は》り絵《え》制作に欠かせない、独特の色と質感を持った貴重な材料なのだった。

筋金入りの孝行息子は、母親が制作に入るたび、〈クマ倒し〉に立ちよったのである。

——といっても、ついうっかり本来の目的からそれて、本気を出して投げてしまうこともあった。なぜならば、昔からずっと変わらない五番グマの景品、赤いクマのぬいぐるみは、いまなお〈坊や〉の心をとらえつづけていたからだ。でもクマは倒れず、結局、目当てのガムを手に、孝行息子として、母親の待つ家に帰っていくというわけなのだった。

〈坊や〉はとことん、坊やだったのだ。それも、筋力がいまひとつ足りない坊やだったのだ――。

緑のオウム

メイヴィスは美しい少女になりたかった。そして緑のオウムがほしかった。それは、両親に連れられて南米を旅した八歳《さい》のとき以来、胸に巣食った夢だった。

強い陽ざしのなか、市中をぶらぶらと歩いていた、時の止まったような午後のこと、その光景はいきなりあらわれた。ギャギャアッという声におどろいて足を止め、鉄柵《てっさく》の向こうの緑の木々のあいだに目を凝《こ》らすと、白い館《やかた》のかげった窓辺に、はっとするほど美しい少女がいて、大きな緑のオウムを肩《かた》にとまらせていたのだった。少女が鈴《すず》のような声で「ロオロ」と呼びかけると、緑のオウムはのどのおくでまるめられたようなツヤのある声で「オーラッ」と答えた。その様子はごく親密で、ふたりだけの秘密を分かちあう親友同士のように見えた。

色あざやかな花々と緑あふれる庭越《にわご》しのながめだというのに、黒い豊かな髪《かみ》をすっかりうしろに流してヘアーバンドをした少女の大きな目が、けぶるような睫毛《まつげ》に縁《ふち》どられているのがはっきりと見えた。こぼれた笑みとともにくちびるから白い歯がのぞき、きらっとかがやいたのも……。ずしりと肩にのったオウムは、やさしく首をかしげ、恋する者のように少女の頬《ほお》に身をすりよせていた。

それは溜息《ためいき》が出るほど美しく、あざやかでありながらとろりと溶《と》けてしまいそうな光景でもあった。メイヴィスはそのとき、魔法《まほう》にかけられたように目が釘《くぎ》づけになり、ただぼうっとしていたのだった。

南米旅行のすべては、その強烈《きょうれつ》なひとつの光景に塗《ぬ》りこめられた。旅行中も、帰ったあとも、脳裏をよぎるのは、美しい少女と緑のオウムのいた、あの窓の光景だけ。ちらちらと陽の当たる濃密《のうみつ》な緑……深紅の花……白い漆喰壁《しっくいかべ》……暗くかげった窓辺……ああそしてそこには……。あれから四年がたち、十二歳になったいまも、その光景はすこしも色褪《いろあ》せることなく、メイヴィスの記憶《きおく》のなかに生きつづけていた。

メイヴィスは、あの少女になる空想を何度も何度もたのしんだ。——白い館に暮らし、ときおり開けはなった窓辺に佇《たたず》んで、ぬけるような青空を見あげたり、木々や花々の生いしげる庭を見やる。肩には緑のオウム。そしてやさしくいう。「ロオロ、そんなに強く肩をつかんじゃ痛いわ」。オウムはメイヴィスの耳たぶをそっとついばみ、黒い舌をひくひくさせながらいう。「メイヴィス、キミガ、スキ」。メイヴィスはくすぐったさに首をすくめてわらい、それから道ゆく人にも、たおやかにほほえみかけるのだ。それを見た人たちは、きっとメイヴィスの美しさに心をうばわれる。けれど緑のオウムは彼《かれ》らを鋭《するど》くにらみつけ、ギャアッと叫《さけ》び、メイヴィスから人々を遠ざけるのだ。

いつしかこの空想は、メイヴィスにとって、たどりつくべき人生の目標へと移《うつ》ろっていった。でもそれは子どもたちの永遠の決まり文句〈大きくなったら〉とともに語られる目標とは、決定的に異なっていた。大きくなってしまったのでは、あの少女にはなれないのだから。多く見積もっても十五歳までが限度だ……そうメイヴィスは思っている。ということはあと三年。たった三年のあいだに、生まれかわったように美しくなり、そして緑のオウムを手に入れなければならないのだ。メイヴィスは鏡のなかの自分に落胆《らくたん》し、旧市街の鳥屋にも、新市街のペットショップにもいない緑のオウムをむなしく追い求めては、ちりちりと絶望の度合いを強めていった。

(だけどそもそも、こんな旧市街のアパートなんかにいたんじゃだめなのよ。もっと暑い国の広い前庭のあるお屋敷《やしき》じゃないと。……ああ、どうしてわたしは南米の美少女に生まれなかったんだろう)

アパートとはいえ、十分な広さの家で、両親の愛情を一身に集め、なに不自由なく育ってきたはずのメイヴィスが、十二歳の若さでこれほど深く絶望していようなどとだれが想像できたろう。もとよりメイヴィスは、あの南米での衝撃《しょうげき》を、両親にさえけっして気どられないようにしてきたのだし、〈夢見る少女〉風の気配を消し、運動好きのお転婆《てんば》というイメージを前面に出して日々を暮らしていたのだから。

ある放課後のこと、旧市街広場に入る手前でともだちと別れ、ひとりで広場を横切りはじめるやいなや、メイヴィスはほーっと息をついてから、自分だけが知る秘密の悲しみにずぶずぶと浸《ひた》っていった。それはこのごろおぼえた習慣だった。叶《かな》いようもない夢を抱《いだ》いてしまったときには、積極的に自分を憐《あわ》れむのがいちばんだ。ああ、可哀《かわい》そうなわたし……。

そんなメイヴィスの目を、広場に立った古本市が否応《いやおう》なしに惹《ひ》きつけた。本を載《の》せた長い台が連なり、年配のおじさんたちが数人のぞきこんでいたが、カラフルな表紙が目立つ、人気《ひとけ》のない一角に近寄ってみると、どうやら子ども向けの本を集めた台なのだった。

明るい色の本の山に手をのばし、上に載った数冊《すうさつ》をなんの気なしにかきわけたりしながら表紙絵をたのしんでいたメイヴィスは、途中《とちゅう》でぴたりと手を止め、ごくりとつばを飲みこんだ。

『みどりのオウム』という一冊の絵本に行きあたったのだ。表紙には、緑のオウムを肩にとまらせた、あの少女によく似た美しい少女が描《えが》かれていた。

とたんに血が逆流し、一気に脳へと押《お》しよせたようにメイヴィスの頭がカッとなった。

「すみません、あの、いま、お金を持ってないんです。家に帰ってからすぐまた来ますから、この本、とっておいてください！」

メイヴィスは上ずった声で店員にたのむと、ポニーテールの髪を宙になびかせころげるように家に帰った。

緊張《きんちょう》をひた隠《かく》しにして部屋に入ると、メイヴィスは心を落ちつけて、たったいま、貯金箱のお金で買ってきた本を手さげ袋《ぶくろ》からとりだした。表紙の少女が、ぬれるような瞳《ひとみ》でまっすぐにこちらを見つめていた。睫毛に縁どられた大きな瞳……。そうしているうちに、メイヴィスの記憶のなかの少女の面立《おもだ》ちがゆらゆらと揺《ゆ》れはじめ、その絵の少女に吸いよせられていった。メイヴィスはゆっくりと本を開いた。

それはリネットという少女と緑のオウムの物語だった。オウムは毎日いう。

〈リネット、リネット、ロオロハ、キミガスキ！〉

そう、おどろくべきことに、本のなかのオウムもまた〈ロオロ〉というのだった。

——ある村祭《むらまつ》りの晩、ロオロを部屋に残し、着飾《きかざ》った娘《むすめ》たちとともに出かけたリネットは、見知らぬ若者と踊《おど》るうち、いつしか人の輪から離《はな》され連れ去られる。若者は、美しい娘をうばいにきたジャカランダの丘にひそむ山賊《さんぞく》の新しいかしらだったのだ。〈ああ、ロオロ！　ロオロ！　助けて！〉白馬の背にくくりつけられたリネットが叫ぶ。その声は紫《むらさき》の花咲《さ》くジャカランダの梢《こずえ》をくぐりぬけ、夜風にのってロオロのいる窓辺に届く。〈リネット！〉ロオロは叫び、夜の鳥のように星空に飛び立つ。リネットの声を追いかけ、力のかぎり羽ばたきいそぐ。白馬が丘の頂上まで駆《か》けあがり、山賊のかしらがリネットの綱《つな》を解いて抱きおろしたちょうどそのとき、緑のオウムがいきなりあらわれ、かしらの額のまんなかに、剣《つるぎ》のようなくちばしで恐《おそ》ろしい一撃《いちげき》を加える。〈ああ、ロオロ、ロオロ！〉リネットはロオロを腕《うで》に抱きしめ、苔《こけ》のようなやわらかな首に頰ずりをする。ロオロが賢《さか》しげな深いまなざしを白馬に向け、動物同士の言葉をかわすと、白馬はうなずき、リネットとロオロを白い館まで送りとどけてくれるのだ。――それから以後、リネットとロオロはもうけっして離れることなく、いつまでもしあわせに暮らすのだ……。

メイヴィスは、まるで、少女とオウムを見た四年前のあのときのように激しい衝撃を受けた。ページを繰《く》るたび、目の前に、情熱に満ちた幻想的《げんそうてき》な絵が広がった。吸いこまれるようなリネットの美しさ。目もあやな緑の羽のロオロ。その熱い茶色のまなざし。夜咲く花が匂《にお》いたち、高揚《こうよう》した妖《あや》しさがただよう祭の光景。ひげづらの若者の荒々《あらあら》しく光る目……。藍色《あいいろ》の空にそびえる小高い丘《おか》を駆《か》け昇《のぼ》る白馬……。

メイヴィスは思わず胸を押さえた。

(そうか、こういうことがおこるんだったのね……)

緑のオウムとの日々をくりかえしくりかえし夢想していながら、自分たちの身にどういうことがおこるのかは靄《もや》に隠れたままだった。なんという夜が待ち受けていたことだろう。メイヴィスは、まるで未来を知らされたようにその出来事を受けとめたのだ。

本を閉じたメイヴィスは、最初からまたもう一度、ページを繰り、綴《つづ》られている文を読み、絵に見入った。そしてまた表紙から……。

まっすぐに正面を向いた表紙のリネットをじっと見つめていたメイヴィスは、その大きな瞳がきらりと光ったような気がしてドキッとした。だがそれは見まちがいではなかった。静止していたリネットのほほえみがゆっくり形を変えていく……。

そして絵のなかのリネットは、おののくメイヴィスにはっきりとわらいかけ、そして、鈴のような声でそっとささやいたのだった。

「ねえ、あなた、わたしと入れかわってみない？」

メイヴィスは言葉を失った。

「かんたんよ。あなたの手をわたしの手に重ねて目を閉じるだけでいいの」

リネットはそういいながら、下ろしていた右手を肩の高さにあげ、手のひらをメイヴィスに向けて開いた。

（ああ。とうとう夢が叶うんだわ……）

メイヴィスはくらくらする頭のなかで思った。

メイヴィスは、ごくんとつばを飲み、それからおそるおそる左の手のひらを表紙の少女の手に重ね、そして目を閉じた。

＊　＊

少女は自分の手足を見、着ている服を見、肩をさわり、それからあたりを見回した。知らない子ども部屋は初めて見るおもしろいものでいっぱいだった。勉強机……人形……柱時計……クッション……本棚《ほんだな》……。

窓に駆けよると、石畳《いしだたみ》の小路《こうじ》が下を通っていた。それから、あっと思いつき、壁《かべ》に目を走らせて鏡をさがした。少女は衣装だんすの中央にはめられた鏡の前に立った。そこにいたのはポニーテールの少女だった。

「いまからは、これがわたしなのね。なんて肩が軽いのかしら。そうよね、もうオウムはいないいんだもの……」

そのまま自分を見つめているうちに、からだのすみずみから、じんわりと新しい自分があふれてきて、いままでの自分とすっかり溶けあった。少女はもう、リネットではなく、メイヴィスだった。自分がメイヴィスという名であることはもちろん、家族のこともともだちのこともなにもかも、メイヴィスが知っていたことのすべてが新しいメイヴィスに受けつがれていた。メイヴィスの、あのこがれるような憧《あこが》れだけを除いて――。そう。だから絨毯《じゅうたん》の上のあの絵本に、もう興味はなかった。新しいメイヴィスは、『みどりのオウム』をひろいあげ、さっさと本棚にさしこんだ。

メイヴィスはうれしくてうれしくてたまらず、もう一度窓に駆けよると、左右に半分開いていた扉《とびら》を思いきってぜんぶ開け、窓から身をのりだして、心の底からわらった。

「ああ、なんていい気持ち……」

＊　＊

目を開けたとき、メイヴィスは頬がくすぐったく、肩がずしりと重いのに気づいた。不思議な匂いがし、息がかかる……。

〈リネット、ロオロハ、キミガ、スキ〉

耳のすぐ横で奇妙《きみょう》な声がささやいた……。

（え？　あ……。わたし、あの子になったんだ！　そうよ、わたし、リネットなんだ！）

顔から数センチのところに、内向きに曲がったふくらみのある大きな灰色のくちばしがあった。額だけが目のさめるように黄色く、茶色のまるい目がじっとこがれるように自分を見つめていた。まるで人の指のような爪《つめ》ががしりと肩をつかんでいる。くちばしが上下に開いたとたん、黒い舌がのぞいた。

〈リネット、ロオロハ、キミガ、スキ〉

〈……ロオロ、わたしもロオロが好きよ〉

それは自分ののどがこれまでに一度も出したことのない、愛らしい鈴をふったような音になって耳に届いた。

開けはなった窓からは、青空を背景に生いしげる緑の木々が見えた。新しいリネットは軽やかに窓辺に寄った。庭の向こうを行く人が頭から帽子を持ちあげ、愛情たっ

ぷりにわらいかけた。リネットもほほえみ、手をふりかえすと、耳元でロオロが、ギャギャッと鳴いた。

かげった部屋には装飾《そうしょく》の美しい暖炉《だんろ》があり、その上には大きな鏡がしつらえられていた。そのなかにいる自分と向きあったとき、リネットは――いやメイヴィスは、だろうか――自分の姿に息をのんだ。あの南米の旅で見た、長い睫毛の美しい少女が緑のオウムを肩にのせてそこにいたのだ。母親にいわれるまま、いつでもポニーテールにしばりあげていた髪は、いま、肩の上で黒々と波うち、バラ色のふっくらとした小さなくちびるがわらっている……。

〈ああ、ロオロ、わたし、ほんとうに夢が叶ったのね……〉

〈オーラッ！〉

肩に手をさしのべ、ウロコ状に規則正しくならんだロオロのやわらかい羽を手のひらでなぞりながら、リネットはしあわせに胸をふるわせた。メイヴィスだった自分の心は、しあわせのなかでとろとろと溶けだし、ひとしずくも残ってはいなかった。
幸福な時間は、いったい流れたのだろうか。それとも止まっていたのだろうか――。
あるとき、ふわっと風がたち、古書店を思わせる古びた匂いがリネットを包んだ。

夜だった。リネットは、生あたたかい夜風に吹かれて祭に向かう村の小道をたどっていた。これからなにがおこるか、リネットはどこかでもう知っているような気がしていた。危険な香りがする。それでも引きつけられるように、スカートの裾《すそ》をはためかせ、キャキャキャラッ……と澄《す》んだわらい声をたてながら、村の娘たちと連れだって、ゆるい坂道を登っていく。草むらから立ちのぼるむせるような花の匂い……。
気がつくと、リネットは輪のなかで両手を掲《かか》げ、踊っていた。ギターが激しくかき鳴らされると、苦しく切ない思いがこみあげ、睫毛を伏せて眉《まゆ》をひそめずにいられない。その目に、たしかなステップを踏《ふ》む力強い足が映り、思わず顔をあげる。

そこにはいつかどこかで見たことのある鋭《するど》い目。リネットはたじろぎつつ、見知らぬ若者に吸いよせられるように踊りつづける……。

やがてリネットは、腹這《はらば》いになって馬に揺られながら、ロオロの名を呼ぶ悲鳴のような自分の声を、昔の物語を聞くように聞いていた。ジャカランダの木々を縫《ぬ》ってつづく暗闇《くらやみ》の一本道をさらわれていくというのに、リネットは自分がほんとうには恐怖《きょうふ》をおぼえていないのに気づいていた。

（だってロオロが助けに来てくれるにちがいないもの……）

ほどなくそのとおりのことがおこった。リネットは、額に傷を受けて身もだえるひげ面の若者を置き去りに、ロオロとともにふたたび白馬にのり、夜風に吹かれながら丘を下ったのだった……。

〈リネット、ロオロハ、キミガ、スキ〉

〈ロオロ、わたしもよ。ありがとう〉

もう恐ろしいことはおこらない。

昼さがり、美しいリネットが肩に緑のオウムをとまらせて窓辺に立つと、だれもがやさしいまなざしを向けていく。心をうばわれたように立ちどまり、じっと見つづけていく人もいる。ロオロはどんなときにもリネットのそばにいて、リネットを見つめ、同じ言葉をささやきつづける。

〈ロオロハ、キミガ、スキ〉——。

それからどれくらいたったろう。それとも時はそこで止まったのだろうか。

リネットは、白い館の一室で、来る日も来る日もロオロと暮らしている。けれどいつかまた祭の晩が来て、娘たちと手をとりあい、村祭りに出かけていく。なにかがおこるような予感を胸に、それがいったいなんだったか思いだせないままに……。

＊　＊

メイヴィスは毎日がたのしかった。リネットだった自分はもうひとかけらも残っていなかったし、〈あの子、最近、変わったわね〉などという人もひとりもいなかった。

あの絵本、『みどりのオウム』は、もうとっくに売《う》り払《はら》われていた。子ども部屋の本棚に収《おさ》まっているのを目にするたび、なぜか心が乱れるのがいやさに、〈糸車小路〉の古書店に持っていったのだ。捨てることは、不思議とできなかった。

＊　＊

リネットはいま、祭の熱狂《ねっきょう》からすこし離れた暗がりで、鋭い目の若者と向きあって踊りながら思っていた。（ああ、いまがずっとつづけばいいのに……）けれどその時はつづかない。次には馬の背に揺られ、声をかぎりにロオロを呼ぶのだ。でもそうしながらリネットは心のなかで思いつづけている。（ロオロなんか来なければいいのに。そうよ、来ないで、来ないで……！）

それでも物語は、いつも同じ物語。ロオロはリネットを救いにあらわれ、またふたたび白い館で、平和な親密な暮らしが始まるのだ。ロオロの愛に息をつまらせながら……。

＊　＊

古書店の棚から一冊の本がぬきとられ、開かれるたび、かすかな風があたりの古びた匂いを揺らす。そのようにして、幾度《いくど》も立ち読みされてはまた棚にもどされた『みどりのオウム』は、ある日、連れだって旧市街見物に訪れた少女たちのなかのひとりの目に止まった。その少女がなぜそれほど、その本に心をときめかせたのかはわからない。絵本なんか買うんだ……と仲間にからかわれながら、少女はひとつも迷うことなく本を買い求めた。

少女がその本を開こうとするのはこれで何度目だろう。古書店の棚で見つけた瞬《しゅん》間《かん》におぼえた稲妻《いなずま》のような衝撃《しょうげき》は、本を手にとるたびによみがえった。その本のなにかが、少女のなかにあるなにかと呼応したにちがいなかった。

表紙のリネットをじっと見つめていたときだった。かすかにわらいかけられたような気がして、少女はドキリとした。でもそれは錯覚《さっかく》ではなかった。

「ねえ、あなた、わたしと入れかわってみない？」

鈴のような声が、少女の耳にははっきりと届いた——。

お月さん

アウルおばさんが最後のお客の運勢を占《うらな》い終え、さあ今日はこれで店じまいと長いスカートをばさばさcouldさせながら〈閉店〉の札をドアに掛《か》けたときだった。人通りの絶えた暮れなずむ〈ツグミ小路《こうじ》〉を、旧市街通りからこちらに向かって、すらりとした若者が外套《がいとう》の裾《すそ》をはためかせ、足早に歩いてくるのが見えた。

（あら、クレインだわ。あの子はほんとうに姿がいいこと……）

ドア口に立ったまま、甥《おい》が近づいてくるのをほれぼれとながめながらも、アウルおばさんは、職業的直感から、クレイン君がいつになく憂《うれ》いをまとっているのを嗅《か》ぎとった。

（ふうむ、めずらしい。これはどうやら、もうひと仕事するはめになりそうね。しかもお金にならない仕事をね）

ほどなく、ふくよかな老婦人と痩身《そうしん》の若者は、たがいの背をやさしくたたきあいながら、〈占い・よろず相談――アウルおばさんの館《やかた》〉の看板の下をくぐった。

「ただご機嫌《きげん》うかがいに寄ってくれたんじゃないってことはお見通しよ、クレイン。さ、入ってちょうだい。あたたかいお茶をいただきながら、ゆっくりうかがうことにするわね」

「ありがとう、おばさん」

クレイン君は、案内されたカーテンのおくに入ると、数知れぬ悩《なや》み多き人々をふわりと受けとめてきたソファーに腰《こし》を下ろし、天井《てんじょう》から吊《つ》るされた銀の三日月やテーブルクロスについた豪華《ごうか》な絹の房飾《ふさかざ》りなどに落ちつかない目を走らせた。何度も遊びに来てはいても、客用ソファーにすわるのは、これが初めてだった。

キッチンに立ち、お湯を火にかけ、カップの用意をしながら、アウルおばさんは、クレイン君の相談ごとに想像をめぐらせた。

(まちがいないわ。ついにあの子にも好きな人ができたようね。ところがこの恋路

が思うにまかせない、と。可哀《かわい》そうだけれどいいことだわ。だって恋のつらさや失恋の悲しみは人生の糧《かて》になるはずだもの）

若々しいクレイン君だったが、年は三十。れっきとした社会人だった。姿が良い以上に性格も良く、頭だって悪くなかったから、生まれたときから順風満帆《じゅんぷうまんぱん》。つねに陽の当たるところを歩いてきたといってよかった。アウルおばさん——もっとも、クレイン君からすれば、大叔母《おおおおば》さんなのだが——もまた、たっぷりと愛情をそそいできたひとりだった。ところがこのクレイン君、もてないはずはないのに、なぜか恋人がいたためしがなかったのだ。

（わたしのところに来るなんて、あの子もよくよく困ってるんだわね。さて、ほかならぬ可愛い甥だもの、ここはしっかり力になってあげなくちゃ）

恋の悩みなら耳にたこのできるほど聞いてきたアウルおばさんだったが、お盆《ぼん》にポットとカップを載《の》せると、めずらしく緊張《きんちょう》してカーテンのおくへともどっていった。

「さあ、それじゃお話を聞かせてちょうだい」

包みこむようなやさしく深いまなざしに出会って、クレイン君はやはりここに来てよかったと思った。親しい身内とはいえ占い師のお世話になることに、さすがにためらいがあったのだ。でもクレイン君は、おばさんの予想どおり、よくよく困っていたのだった。

「単刀直入にいうとね、おばさん。すごく好きな人ができたんです」

そおらきた、と、アウルおばさんがうなずいたのはいうまでもない。

思いきって切りだしたあとはもう、この何か月間かの苦しい胸の内が、言葉となってクレイン君の口からほとばしりでた。

「夏の終わりでした。広場のカフェで休んでいるときに、ここいいですか、あいた席がないのでって声をかけられたのが最初の出会いでした。そうやって彼女《かのじょ》はぼくのテーブルの真向かいにすわって、ジュースをすすりながら本を読みだしたんです。

……なんていうんだろう、彼女のちょっとした笑顔や、ストローを吸う口元や、本のページをめくる指の運びや仕草まで、なにもかもがびっくりするくらいキュートで……そう……きらきらしていて、すごく好ましかったんです。……でも残念なことに仕事にもどらなければならず、ぼくはそっとふりかえりながらカフェをあとにしました。彼女はおかっぱの髪《かみ》を光らせてストローをくわえ、目を伏《ふ》せて本を読みつづけていましたよ。それ以来、どうしても彼女のことが忘れられなかった。

するとと何日かして、新市街のメインストリートを歩いていたら、彼女が歩いてきたんです！　ぼくは今度はためらいませんでした。彼女の真ん前で足を止め、〈カフェ・カナリーのテーブルでお会いしましたね〉って話しかけました。――ぼくの思いあがりだと思わないでくださいよ、彼女ほんとにうれしそうにわらったんです。だから勇気がわいて、今度ゆっくりお会いできないかってきいたんです。彼女はにっこりうなずいて、もう一度同じカフェで会うことに同意してくれたんです」

「まあ、クレイン。ロマンチックな話じゃないの。で、彼女、ちゃんと来たのね？」

「ええ。ぼくが行ったときには、本を手にしてもうテーブルでココアを飲んでました」

「たのしかった？」

「そりゃあもう。彼女はとっても明るくてやさしくて、不思議なくらい話がはずむんです。……どういうわけかいままでぼくは、だれかを好きになるってことがなかったんです。ところが彼女にはたちまち惹《ひ》かれちゃったんです」

「まあ素敵。恋に落ちるって、そういうことよ。で、それから？」

クレイン君は長い睫毛《まつげ》をすこし伏せ、さびしそうなほほえみを浮《う》かべながらつづけた。

「何度か会いました。同じカフェばかりじゃなく、レストランで食事したこともありますよ。……もっといえば、公園の街灯《がいとう》の下で、そっとキスもしました」

「んまあ、若いころに見た映画を思いだしちゃう……」

アウルおばさんは、プロの相談員であることを忘れて、うっとりと目をしばたたいた。

そんなしあわせいっぱいのふたりを引《ひ》き裂《さ》くなにかがあるなんて、ますますロマンチックだわと、おばさんはついわくわくした。そうよ、彼女にはきっと、生まれたときからの〈いいなずけ〉がいるんだわ。クレイン負けちゃだめよ！　……おっといけない。ちゃんと話を聞いて、しっかり力になってあげなくちゃ。

おばさんはもう、好奇心《こうきしん》いっぱいのただの親戚《しんせき》のおばさんそのものだった。

「で、いったい問題はなんなの？」

とたんにクレイン君は寄るべない子どものような顔つきになり、おばさんを見つめてぼそりといった。

「ぼく、ふと気づいたんです。信じてもらえないかもしれないけど、正面からしか彼女を見たことがないって……」

おばさんはただぱちぱちっとまばたきした。わけがわからなかったのだ。

「ぼくたち、ならんで歩いたこともとなりにすわったこともないんです。つまり、散歩したこともベンチに腰かけたことも映画にも芝居《しばい》にも行ったことがないし、うしろからそっと近づいて肩《かた》をたたいたことも、彼女を見送ったこともないんです」

おばさんはふたたびまばたきをし、それからやっと聞いた。

「どうして？」

クレイン君は大げさに肩をすくめると、おばさんに向かって、吐《は》きだすようにいった。

「どうしてって！　ああおばさん！　それがわからないから相談に来たんじゃないですか！　映画も芝居も、かならずどっちかの都合が悪くなって行けなくなる。散歩しようとすれば雨が降《ふ》るし、傘《かさ》があるときには壊《こわ》れて開かない。家まで送ろうというときにかぎって、ぼくのほうに急用ができる。……つまりぼくはどうしても、彼女のとなりやうしろに立ったりすわったりすることができないんです。ぼくたち、いつだって向かいあってばかりいるんです。会うときは彼女がぼくのほうに向かって正面からまっすぐにやってくるか、でなければ壁を背にしてすわっている彼女のほうへ、ぼくがまっすぐに歩いていくかです。公園で会ったときはぼくは東門から入り、彼女は西門から歩いてきました……」

一気にまくしたててしまうと、クレイン君はぐったり肩を落とした。

この仕事を始めて、そろそろ半世紀にもなるアウルおばさんだったが、こんな変わった恋の悩みは初めてだった。

「つまり……彼女の横顔もうしろ姿も見たことがないって、そういうことなの？」

「そういうことです」

低い力ない声でクレイン君は答えた。

「でも、ドアを開けるときなんか、あなたが開けて、彼女を先に行かせるわよねえ？」

おばさんはつい、くいさがった。

「ですからね、おばさん。そういうことにならないんです。なぜかどうしても！」

そしてクレイン君は、すねたように付けたした。

「ぼくの友人がカフェで同席したことがあるんです。なんてことなく彼女のとなりにすわってましたよ。かわってもらえばよかったのにって思うでしょう？　でもそのときはなぜか思いつかなかったんです……」

おばさんは椅子《いす》の背にもたれかかると、目を閉じ、いま聞いた話を反芻《はんすう》してみた。

（彼女、横顔と後ろ姿に自信がないからって、そう仕向けているわけではなさそうね……）

となると、結婚《けっこん》はしたいけれどお化粧《けしょう》を落としたあとの素顔は見られたくないといった葛藤に苦しんで〈アウルおばさんの館〉を訪ねてくるような、困った娘《むすめ》たちとはちがうということだ。

「クレイン、どうやらこれは、水晶玉《すいしょうだま》の助けを借りるべき問題のようね」

こうしてアウルおばさんは、先ほどガラスケースにしまいこんだ水晶玉をとりだしてきてテーブルに載せると、虹色《にじいろ》に光る大判のショールを頭からかぶり、たちまち老練な占い師に変身したのだった。

眉《まゆ》をあげて目を細め、なにやらぶつぶつと唱えながら、ひとしきり、くねらんくねりんと水晶玉のまわりで指を踊《おど》らせる……。

五分…十分…とたったころ、まぶたから飛びだしていきそうな目玉で、水晶玉をぐいぐいのぞきこんだおばさんが、

「ねえクレイン、彼女、キラキラした、まあるい顔をしてるわよね?」

とたしかめた。

「ええ! まんまるでキラキラした可愛い顔をしてますよ!」

クレイン君は声高に叫んで水晶玉のほうへ首をのばした。もっともそこから見えたのは、球面に映って凸面《とつめん》になった自分のおかしげな顔だけだったけれど。

――水晶玉のなかほどにくっきりと見えていたもの。それは、煌々《こうこう》と光る満月だった。おばさんは、黄色く光るお皿のような月を見つめながら考えた。

(ここまでお月さんそっくりの人もめずらしいわ……。ということは……)

しばらくして、おばさんは「ははあ……」と声をもらした。

「なにかわかりましたか?」

クレイン君がふたたび身をのりだした。

「ちょっと待って」

おばさんは片手でクレイン君を制すると、またあらためて、水晶玉のまわりでくねらんくねりんと指先を踊らせ、きびしい顔つきで玉のおくをのぞきこんだ。いま見ようとしているのはクレイン君の内面だった。

オーロラに似たうごめきのなかに、やがて、暖色ばかりで描《えが》かれたきれいな抽象《ちゅうしょう》模様《もよう》が浮かびあがった。それを読み解くことができるかどうか。この問題はそこにかかっていた。アウルおばさんは模様にそって、ぐいぐいと鋭《するど》く目を走らせた。

と、徐々《じょじょ》に目から険しさが消え、いじらしさがまじった同情の色にとってかわった。

(んまあクレイン、あなたって子は……)

さすがは長年〈ツグミ小路〉で看板を掲《かか》げてきた〈アウルおばさん〉だった。暖色の抽象模様の意味を完璧《かんぺき》につかんだのである。

おばさんは水晶玉から顔をあげると、半分は占い師、半分はやさしい大叔母さんの顔で、つくづくと甥を見やった。クレイン君はごくんとつばを飲み、判決を聞く者のように身を固くして、しわのあいだで不思議に光るふたつの目をじっと見つめた。

「クレイン、ちょっと答えてみてくれる?」

そういうなり、アウルおばさんはきょろきょろとあたりを見まわしたあと、クレイン君とならんでソファーにのっている孔雀《くじゃく》の模様のクッションに目を止めた。

「そのクッションについて、なんでもいい、目についたこと、思ったことをいってみて」

おばさんの言葉にクレイン君は一瞬《いっしゅん》戸惑《とまど》った様子だったが、クッションに目をやり、それからすっと視線をそらして答えた。

「そうですね……孔雀の優雅《ゆうが》さが表現された、いい模様のクッションだと思います」

「じゃ、テーブルクロスはどう？」

それについてはもっとすばやく答えることができた。この部屋に入ったとたん、豪華《ごうか》な房飾りに目を惹かれていたから。

「唐草模様《からくさもよう》のあいだに鳥が見え隠《かく》れしてるところが好きです。房飾りもはなやかですね！」

クレイン君は、快活にほめあげた。そんなクレイン君のきれいな顔を、アウルおばさんはじっと見つめながら静かにいった。

「でもね、クレイン？　クッションはぺちゃんこだし、カバーときたら毛羽だって、孔雀の羽はまるでむしられたようよ。テーブルクロスにはほら、お茶のシミがついてるし、そっちの房飾りのひとつはほつれてきてるわ」

クレイン君は、曖昧《あいまい》にほほえんだきり、なにもいわなかった。

「あなたにはちょっと苦痛かもしれないけれど、もうすこしおつきあいしてもらうわよ。じいっと見てちょうだい。そのソファーのひじ、別珍《べっちん》の毛がぬけてなかの木がのぞいてるところ。それから、そうね……三日月を吊りさげてる糸についたほこり……それから……あの壁の隅《すみ》のはがれた漆喰《しっくい》。いい？　クッションとテーブルクロスから始めて、いまあげたものをしばらく見て、見たままをあなたの口から話してちょうだい。わたし、お茶をいれかえてくるわね」

キッチンにもどったおばさんはやかんの前で首をふりながら大きく息をついた。

(姉さんの教育が、孫の代になって、あそこまでみごとに実を結ぶとはねえ!)

アウルおばさんの〈姉さん〉、すなわちクレイン君のおばあさんに当たる人は、心やさしい人格者だった。

『どんな人にでも欠点はあるわ。でも良いところもかならずある。欠点には目をつぶって、良いところを見るようにするの。そうするといい関係が作れるはずよ』

この教えは、子から孫へと伝えられたが、数いる孫子のうち、クレイン君ほど徹《てっ》底《てい》してそれを守りぬいた者はいなかったにちがいない。水晶玉にあらわれた暖色の抽象模様、それは、あらゆるものの良い面だけを見ようとするクレイン君の精神のありようを表していたのだった。なるほど、だれからも好かれるわけだった。

(姉さんのいう通り、たしかにどこに行ってもいい人間関係が築けたと思うわ。でもほんとうの恋はそうはいかないわ)

おばさんはいきおいよくやかんに水を汲《く》むと、断固とした意志表明をするかのように、五徳《ごとく》の上にガシャンとのせて、ボッと点火した。

（心のずるさも醜《みにく》さも、なにもかもわかっていながら、それでもまるごと愛さずにいられないのがほんとうの恋というものよ。欠点を見ないようにしているうちは、とてもずぶずぶ人を好きになんかなれませんとも。あの子がいままで恋に縁《えん》がなかったのも道理だわ）

そんなクレイン君におこった奇跡《きせき》。それが〈お月さんそっくり娘〉の出現だった。夜空にぽかりと浮かぶ、キラキラと美しい満月。でも地球にいる我々に見えるのは月の表半分だけ。かがやいていない裏の半分はけっして見ることができない。

――〈お月さんそっくり娘〉とクレイン君の関係は、まさにこれだったのだ。否《いや》も応《おう》もなく、彼女はクレイン君の前でつねに正面を向いてキラキラしていることしかできないのだった。なにしろ、お月さんそっくりだったから。

これが、クレイン君の心がけ――良い面だけを見ようとするけなげな心がけが招いた皮肉な奇跡であることを、アウルおばさんは見ぬいたのだった。

ほかの人は、難なく彼女のとなりにすわれるし、うしろから肩をたたくことだってできるのに、クレイン君にはそのチャンスが訪れない。テーブルの向かい側で彼女がふと横を向くとき、クレイン君はふと下を向いてしまう。彼女が席を立ち化粧室に向かったとたん、うしろのテーブルの客に声をかけられる。待ちあわせ場所に向かう彼女のうしろを歩いていたことだってあったのに、クレイン君ときたら、デートがたのしみなあまりはずかしそうにうつむいて、ずっと石畳《いしだたみ》の数を数えていたのだ。なにからなにまでその調子。そういう運命なのだった。

やかんがシュンシュンいいだすのを待ちながら、アウルおばさんは考えた。

（そんなばかなと思うけど、考えてみれば世のなかはそんなことだらけかもしれないわ。劇場《げきじょう》で自分の前の席にすわった人なんて、頭のうしろを見るだけのつながりなんだもの。それが運命なら、前の席のその人はうしろをふりむきたくなったとしても、かならず邪魔《じゃま》が入ってふりむけずに終わるんだわ。彼女とクレインの場合も、いわばそういうことの積み重ねなのよ。彼女の正面しか見られない運命なんだわ)

明るく光った正面だけが見えたからこそ、クレイン君は、心おきなく、どぶんと好きになったのかもしれなかった。でもまるごとの彼女が見られないなんてどんなにつらいだろう!

(あの子が引きよせた運命を変えられるのは、あの子以外にないわ)

それはつまり、月の裏側を見るために、地球から飛びたつことに等しかった。そうやって初めて、新たな〈視点〉が得られるのだ。

アウルおばさんは新しいお茶をそろえると、決然とクレイン君の前まで行った。

「さあ、クッションから始めて、見えているものについて話してちょうだい」

クレイン君は、くちびるをなめなめ、顔を赤らめながら、おどおどと話しはじめた。

「もともとはいいクッションだったにちがいないんです……でも、綿がつぶれて……おほん……カバーはその……はげたみたいに……」

こうしてクレイン君は、遠慮《えんりょ》しいしい次々と語ったのだった。それぞれの美点のみならず、醜い点までも。

アウルおばさんは、ゆっくりうなずいてから諭《さと》すようにいった。

「たいへん結構、上出来よ。でもこれはほんの手はじめ。これからあなたはしばらくおばあさんの教えを忘れて、まわりの人をいまのように見る訓練をなさい。むろん声には出さずにね。この訓練はあなたには刺激が強すぎて、最初は人ぎらいになるかもしれないけれど、がまんなさいね」

「はあ……。でも、あの、それだけ……ですか？」

「〈アウルおばさん〉のいうとおりになさい。きっとそのうち彼女とならんで歩き、劇場でとなりあわせにすわれるようになるわ。うしろ姿を見送ることもね。その結果、彼女を嫌《きら》いになってしまうか、それとももっと好きになるか、それから先のことまで占うつもりはないわ」

クレイン君はわけがわからないというように肩をすくめたが、〈アウルおばさん〉の賢《かしこ》いフクロウのようなまなざしに出会って、迷いを捨てた。おばさんのいうとおりになるのなら、こんなうれしいことはないではないか。

三か月後、すらりとした若者とまるい顔の娘がいかにも仲むつまじそうに腕《うで》を組んで、〈アウルおばさんの館〉のドアをくぐった。

「おばさん、ぼくたち、結婚するんです！」

「ルナっていいます。ふつつか者ですが、どうぞよろしく！」

明るいきらきらした娘さんを、クレイン君は横からうれしそうに見守っていた。

そのまなざしが前よりいっそう、おおらかになったことに気づきながら、アウルおばさんは、ふたりを心から祝福した。

日曜日

よく晴れた日曜日、ピッパ・フィンチは、今日こそはと思いきってふだんとはちがうルートのバスにのり、〈アイビス門――旧市街入り口〉というバス停で降《お》りた。

バスのなかにいるときからはしゃいでいた中年婦人や娘《むすめ》たちのにぎやかなグループを先にやりすごし、大きなアーチ形の石門をひとりくぐる。かつてはその門の両《りょう》脇《わき》から始まった城壁《じょうへき》が、地区全体をぐるりととりかこんでいたのだそうだが、いまではそのところどころだけがあちこちに高く低く、くずれたついたてのように点在しているばかりだ。それでも門をくぐって旧市街に踏《ふ》みこむと、いまもなお何世紀も前の佇《たたず》まいが目の前に広がるのだった。

〈アイビス門〉から広場へ向かう通りは、石畳《いしだたみ》は擦《す》りへり、左右の家並は木の部分が朽《く》ちて黒ずんでいた。ピッパはさっきまで属《ぞく》していた〈いま〉の世界から、ぐいっとからだを引っぱられ、〈昔〉の世界に入りこんだような錯覚《さっかく》におちいった。なにしろ空気からして、麦わらを積んだ馬車でも通りすぎたあとのようにどこか粉っぽく不透明《ふとうめい》で古びた匂《にお》いがしたし、旧市街振興会《きゅうしがいしんこうかい》のアイデアなのか、十八世紀頃の絵画で見るようなたっぷりした長いスカートに肩掛《かたか》けを羽織り、ひさしのついた白い布帽子《ぬのぼうし》をかぶったおばさんたちがかごを手に歩いたりしているのだ。しかもその姿があまり自然にまわりに溶《と》けこんでいるために、これがあたりまえの〈いま〉であり、さっきまでいた時間は、ゆうべの夢かなにかのように感じられるのだった。けれどパンツ姿に斜《なな》めがけのバッグといういでたちで、たのしそうに前を行く中年婦人たちに目を向けたとたん、〈いま〉と呼べるのはやはりこの人たちのいるこの光景だと思いなおす……。

（昔に生きていた人たちも、みんなみんな、そのときそのときを〈いま〉だと思いながら、この道を歩いていたのよね……。わたしだってそうやって、いま、ここを歩いてるんだもの……）

色あざやかな伝統模様のテーブルクロスに目をうばわれ、思わずウインドウの前に立ちどまったり、古家具を積んだ店のおくの暗がりで、休日だというのに修理にはげむ老人のまるい背につい胸をつまらせたりしながら、ピッパは明るい広場にたどりついた。

さまざまの年齢《ねんれい》さまざまの服装のたくさんの人々が行きかい、ある人々は中央の噴水《ふんすい》によりかかり、屋台の花を買い、写真を撮《と》りあい、またある人々は空の下のテーブルでお茶を飲んだりしていた。よほどおいしいお菓子《かし》があるのか、広場に面したパティスリには、長い列ができていた。ピッパは、そんな広場をながめやり、あとであのテーブルで自分もジュースを飲もうと考えながら、ふと目についた赤と緑の日よけ屋根のある店屋のほうへ足を運んだ。

ピッパが惹《ひ》かれたのは、店屋そのものよりも、子どもたちの喚声《かんせい》がときおりおこる隣接《りんせつ》したゲームコーナーのほうだった。コーナーといってもゲームは一種類。横一列に赤、緑と交互《こうご》にならんだクマのどれかをねらって玉を投げ、向こうに倒《たお》す遊びだけ。見るからにかんたんそうなゲームだったが、いちばん大きなクマに挑《いど》んだ男の子の玉だけは、あっけなく落下し、クマのほうはびくともしなかった。

「無理だよ、ロビン！」

ともだちにいわれ、やせっぽちの可愛い男の子は、

「この前は倒せたんだけど、いまのは惜《お》しかったな！」

と、残念そうに指を鳴らすかっこうをした。

「ウソだい、倒せたもんか！　それにいまのだってぜんぜん惜しくなかったぞ！」

「ふうんだ！」

男の子たちがそうやってぐずぐずしていたからだろう、

「次、いいかな」

と、せかすおとなの声にピッパがそちらを向くと、いつのまにかならんでいたらし

い小太りのおじさんの番なのだった。子ども好きには見えなかったが、子どもにまざって遊ぶ気はずかしさなどは微塵《みじん》もないらしく、マシンにコインを入れ、ころんところがりでた玉をつかむなめらかな一連の仕草は、この道の達人にちがいなかった。

おじさんは迷うことなくいちばん大きなクマにねらいをさだめ、肩をうしろにぐいと引き、フングッという鼻息とともに力強く玉をほうった。

シューンッ……バシンッ！

胸のあたりに強い一撃《いちげき》を受けた大きな赤グマが、ゆさあっと大きくうしろにかしいだそのとたん、

「わあああ――――――っ！」

という耳をつんざくおどろきいっぱいの喚声が、雑貨屋のほうからあがった。こちらに面した窓のなかで目をまんまるにし、大きな口を開けて叫《さけ》びつづけているのは店のおばさんだった。が、倒れたかに見えたクマが、ビヨーンと持ちなおし立ちあ

がったとたん、その叫びは、

「あああぁぁぁ」

という哀切《あいせつ》に満ちたなげきに変わり、声がしぼんでいくのに合わせて、おばさんの顔もしぼんでいった。

小太りのおじさんは、その間《かん》、玉を投げたときのかっこうで両手を空中にとどめたまま、マネキンのように色白に硬直《こうちょく》し目を見開いていたが、クマが立ちなおると、急速解凍《きゅうそくかいとう》でもされたようにまるい肩をふにゃりと落とした。そしてなにごともなかったかのようにスタスタと、ほかの子どもたち同様、雑貨屋の窓のほうへと歩いていった。だれでもなにかしら景品がもらえるらしかった。

ピッパはふたたび歩きはじめながら、いま見た光景をあたたかさとともに思いかえしていた。あんなおじさんが子どもといっしょになって真剣にクマ倒しに興じる姿も、お店のおばさんが——たとえそれがめったに倒れないらしいクマだとしても

——お客の一投にあんなに熱く反応するのも、なんだかとても好ましかった。

こんな心持ちのときには、道ゆく人すべてが、貴くほほえましく目に映る。

やがてピッパが入りこんだのは、アルバイト先の子ども部屋から飽《あ》かずながめていた〈ツグミ小路《こうじ》〉だった。もっともこの方向から小路を見るのは初めてだったし、窓からはこれほどおくまでは見えなかった。ここもまた、ピッパが想像していた以上に魅力的《みりょくてき》な気配をたたえていた。入り口扉《とびら》の装飾文字《そうしょくもじ》や軒《のき》からつきだしたひとつひとつ凝《こ》ったデザインの吊看板《つりかんばん》が、物語がひそんでいそうなたのしさを添《そ》えていた。

なかでも、〈占《うらな》い・よろず相談——アウルおばさんの館《やかた》〉と書かれた謎《なぞ》めいた真鍮《しんちゅう》の吊看板は、ピッパをよろこばせた。

（わあ……）

足の運びがついおそくなる。占ってもらう気はさらさらないくせに、占いの看板には、いつもちょっぴり惹かれるのだ。水晶玉のなかにピッパの運と才能のしるしを見つけた占い師が「ほお」と顔をかがやかせ、適切な助言をしてくれたら、どんなに安心してなんでもがんばれるだろう！　でももし反対のことをいわれたら？

（そんなのぜったい、おことわり！）

というわけで、向かい側のウインドウに近寄って、ショウケースのなかのキッチン用品をながめたのだが、ガラスに映る〈アウルおばさんの館〉のエキゾチックな深緑《ふかみどり》色の扉にも、つい目が行くのだった。

そのとき、通りがかった娘たちの会話が耳に届いた。

「あっ、あれいいなあ！　わたし、ああいうアンティークな感じの砂糖壺《さとうつぼ》が好きなの」

まもなくおさげ髪《がみ》の小柄《こがら》な少女がウインドウに駆《か》けよってくるなり、ガラスに手のひらと鼻を押《お》しつけた。高校生らしかった。

「ああ、あのボーンチャイナね。うん、たしかに素敵」

すらりとした大柄の少女がガラスに映った。おさげ髪の子が高い声でつづけた。

「あのランプシェードもいいなあ……。わたし将来この旧市街に住みたいな。じゃないと、こういうものって似あわない気がするの。住めるかなあ。それって結婚相手《けっこんあい て》にもよるよね。そうだ、今度占ってもらおっかな。わたしの未来……。アウルおばさんて、気味悪い占い師じゃなくて、いい人なんだって」

「はいはい！　ねえ早くマラボー先生んちに行こう！」

「あ、待って、モリー！」

歩きだしたともだちを追って少女は駆けだした。揺《ゆ》れるおさげやフレアスカートのせいなのか、少女は全体にゆらめいて見えた。

ピッパはくすっとわらって小柄なうしろ姿を見送った。あの子となら、なんだかともだちになれそうな気がした。

いい人だと聞いても、もちろんピッパは〈アウルおばさんの館〉の深緑色の扉を開けはせず、そのまま〈ツグミ小路〉を下った。昔ながらのカバン屋やベルト屋もあれば、なかだけ新しくなったらしいモダンな花屋もあった。歩くだけでピッパはたのしかった。と、先のほうで、人々が不意に右手から通りにあらわれ、また不意に通りから右手へと姿を消すのが見えた。

（あっ、そうそう！　ほら、〈糸車小路〉にぬける横丁があるのよ！）

そしてピッパは、いつかの自分の想像をありありと思いだした。――疲《つか》れたようなあの中年の女の人は、なぜ横丁を避《さ》けるのか？　その理由に想像をめぐらせるうち、まるでほんとうにあったことのように物語が頭のなかでふくれあがり、ピッパ自身をおののかせたのだった。その人が自分のような気さえして――。

通りぞいの文房具屋《ぶんぼうぐや》も靴屋《くつや》も、ほんとうならばのぞいてみたい店なのに、ピッパはそわそわと前を通りすぎ、横丁への曲がり角をめざした。それでいていったい自分がなにを望んでいるのかわからなかった。

（ううん、わかってるわよ。わたしが想像したレストランなんかあるはずないってことを、ちゃんとたしかめたいだけ）

けれど心のおくのおくではほんのちょっぴり、もしもほんとうにあったなら、なんてぞくぞくするだろうと思ってもいたのだ。

とうとうピッパは横丁の角まで行きついた。でもすぐに曲がってみることはできなかった。気づくとそこはアイスクリーム屋の前で、十二、三歳《さい》の少女たちが、アイスクリームをなめながらおしゃべりに興じているところだった。どうやらこのあたりに暮らす子どもたちらしい。ピッパはすこしばかり足踏みをしたあと、心を決め、すぐそばにいた女の子にたずねた。

「ねえ？　このへんに〈緑のオウム〉って名前のレストラン、あるかしら？　……正式には〈緑のオウム亭《てい》〉っていうんだけど……」

そのとたん、にこやかだった女の子の表情がさっと変わり、さぐるような目でピッ

パを見つめたのだった。その目の異様な険しさに、ピッパは、

「え、あるの？〈緑のオウム亭〉……」

と、恐《おそ》る恐《おそ》るもう一度たずねずにいられなくなった。すると少女は頭を大きくふり、

「知らない！」

と叫んでプイと横を向いたのだった。その拍子《ひょうし》にポニーテールがいきおいよく揺れた。そばにいた少女たちがなにごとかとおどろいた顔で肩をすくめ、

「わたしも知らないけど……」

「緑のオウム亭？　わたしも知らない」

とつぶやいた。

「……そう、ありがとう」

ポニーテールの子の様子は不可解だったけれど、とにかくわかることはわかり、ピッパはそれなりに安心した。そんなレストランはもちろん存在するはずがないのだ。

ピッパは角を曲がり、軽い足どりで細い横丁に入っていった。蔦《つた》のからまる古い建物にドキッとしたが、下がっているハサミ形の吊看板から見るに、床屋《とこや》さんのようだった。その小道にはピッパが想像したとおり、気どらない活気があり、店先で立ち話をする地元の老人たちは、みな生き生きとしていた。

——だがそのころ、ピッパが去ったアイスクリーム屋の店のおくでもまた、常連の老人たちが二、三人、テーブル席でカップのアイスクリームをなめながら昔話に興じていたのだった。先ほどの少女たちの言葉の切れはしが耳に届いたのだろう、青いベレー帽《ぼう》をかぶったひとりが遠くを見る目でそれを引きとって口にした。

「〈緑のオウム亭〉かあ。懐《なつか》しいなあ」

べつの老人が、目を閉じてちゅちゅっと口を鳴らしながら、

「ああ。あそこの料理はじつにうまかった！」

と、ひとさし指をふると、もうひとりが、

「〈緑のオウム亭〉、後継者《こうけいしゃ》が見つかったとかで、また店開きするって聞いたなあ」

とつぶやいたのだった。

横丁から〈糸車小路〉へとぬけでたピッパは、どちらへ行こうかと迷ったあげく、右手に曲がりすこし進んだところで、さらに横道へ横道へと入っていった。

外壁《がいへき》を塗《ぬ》りなおしたらしい、きれいな灰色のビルの扉に愛らしい形の銀の鈴《すず》がひとつぶらさがっていた。表札も銀色に光っていた。

（ぎん……れい……しょうかい……？　ああ、銀の鈴ってことか……）

日曜日だというのに、りっぱな机に向かって背筋をのばして書類の束《たば》をめくる、苦みばしった風貌《ふうぼう》の紳士《しんし》が窓から見えた。

（よほど仕事が好きなのね……）


やがて広場にもどったピッパは、予定どおり、外のカフェテラス〈カナリー〉で、フルーツジュースを飲んだ。すわってながめる休日の旧市街は、明るくのどかだった。よちよち歩きの小さな子……ときおりふと通りすぎる、中世からぬけでてきたような服装で野菜を売る人々……駆けていく少年たち……高いミュールをはいて颯《さっ》爽《そう》と行くお洒落《しゃれ》なおくさん……そして風采《ふうさい》はあがらないけれど、仲よさそうな若者のふたりづれ……。

そんななかで、いちばんしあわせそうなのは、向こうのテーブルにならんですわっている若い夫婦《ふうふ》だ。なにしろ女の人はまるいほっぺたをつやつやさせながらこれ以上ないほどうれしそうにわらっていたし、そのお腹《なか》は、お月さんのようにまんまるくふくらんでいたから。いまそのなかですやすや眠《ねむ》っている赤ちゃんも、あとすこしすれば、この旧市街をきらきらした瞳《ひとみ》でながめはじめることだろう。

（あたしったら、本を読むか映画を見るか想像するか、それればかしだったけど、みんなが暮らしてる変わったことなんてなにもない現実も、ほんとにいいもんだな……）

どこで鳴くのか、小鳥のさえずりがそよ風に運ばれ、ピピピ、ピチピチ……と耳に届いた。

ピッパは思わず、おぼえたての有名な詩の終わりの数行を小さな声で口ずさんだ。

「……

揚雲雀《あげひばり》なのりいで、
蝸牛《かたつむり》枝《えだ》に這《は》い、
神、そらに知ろしめす。

すべて世は事も無し」

ピッパはこの詩が好きだった。なにしろ〈ピッパの歌〉という題なのだ！

――〈すべて世は事も無し〉どころか、巷《ちまた》では邪《よこし》まな思惑《おもわく》がうごめいているのに、明るくけなげな少女ピッパはなにひとつ気づかずに、満ちたりてこの歌を歌いながら町を歩いていく……。その歌声の清らかさが、人々の心を動かすことになるのだが。こうした詩の背景を授業で教わったばかりだった――。

それを思いだしたピッパはまばたきし、ぐっと身をのりだして、頬《ほお》づえをつき、もう一度、目の前に広がる広場を見やった。

（ふうむ。もしかしたら、わたしが気づかないだけで、いまこの街でもなにかおこっているのかもしれないな……。悪いこともだけれど、たとえば、すごく不思議なことなんかも……。そう思うとぞくぞくしちゃう……）

ピッパは、どこからともなく聞こえてくる小鳥たちのさえずりに耳を傾《かたむ》けながら、自分の知らない隠《かく》れたさまざまの物語に思いをはせた。

LAURA

註・本文一六三ページの「ピッパの歌」は、
ロバート・ブラウニングの長編劇詩『ピッパが
通る』のなかの一節。以下は上田敏による訳詩。

ピッパの歌
春の朝《あした》

時は春、
日は朝、
朝は七時、
片岡に露《つゆ》みちて、
揚雲雀《あげひばり》なのりいで、
蝸牛《かたつむり》枝に這《は》ひ、
神、そらに知ろしめす。
すべて世は事も無し。

高楼方子（たかどのほうこ）

1955年生まれ。『へんてこもりにいこうよ』『いたずらおばあさん』の二作で路傍の石幼少年文学賞、『十一月の扉』で産経児童出版文化賞、『わたしたちの帽子』で赤い鳥文学賞・小学館児童出版文化賞、『おともださにナリマ小』で産経児童出版文化賞とJBBY賞を受賞。作品に、『まあちゃんのながいかみ』『紳士とオバケ氏』などがある。

出久根育（でくねいく）

1969年生まれ。『あめふらし』でブラティスラヴァ国際絵本原画展グランプリ受賞。『マーシャと白い鳥』で日本絵本賞大賞受賞。『もりのおとぶくろ』で産経児童出版文化賞ニッポン放送賞を受賞。絵本に『おふろ』『十二の月たち』、挿画を手がけた作品に『ルチアさん』『ペンキや』『みどりのスキップ』『いたずらこやぎと春まつり』などがある。

街角には物語が……

2017年10月　初版第1刷

高楼 方子　作
出久根 育　絵
発行者　今村正樹
発行所　株式会社偕成社
　　　　162-8450　東京都新宿区市谷砂土原町3-5
　　　　電話 03-3260-3221（販売）　03-3260-3229（編集）
　　　　http://www.kaiseisha.co.jp/
印刷所　大日本印刷株式会社
製本所　大日本印刷株式会社

19cm 167p. NDC913 ISBN978-4-03-814430-1
Published by KAISEI-SHA. Printed in Japan.

本のご注文は電話・ファックスまたはEメールでお受けしています。
Tel : 03-3260-3221　Fax : 03-3260-3222　e-mail : sales@kaiseisha.co.jp